Une fiancée sur contrat

Chères lectrices,

Avant que vous ne vous plongiez dans la lecture revigorante des romans Azur de ce mois-ci, laissez-moi vous souhaiter une très belle année 2002, riche en émotions et en événements heureux !

Après les fêtes de fin d'année, où notre énergie et nos activités marquent un peu le pas, j'ai pensé qu'il serait bon de se remettre en forme. Pour ce qui est de la forme physique, je vous laisse libres de vos choix... Du côté du moral, quoi de mieux pour commencer l'année que de se changer les idées ?

Voici pourquoi, dans la sélection des titres de janvier, j'ai choisi de privilégier l'évasion et les voyages... Découvrir des paysages lointains et inconnus, rien de tel pour se régénérer les yeux et l'esprit !

Au cours de ces escapades à l'étranger, vous aurez le loisir de rencontrer plusieurs de nos héroïnes... Tout d'abord Nadine qui, en vacances aux Antilles, ne s'attend pas à rencontrer son ex-mari dans un cadre aussi paradisiaque (n° 2174) ! Ou bien Beth — une jeune femme qui a choisi de s'installer à Majorque avec son petit garçon de cinq ans... sans se douter que le père de celui-ci travaille comme chirurgien dans l'hôpital de l'île (n° 2167). Non loin de Majorque, en rejoignant l'Espagne, vous croiserez sans doute Rose dans les rues de Séville. Tandis qu'elle rencontre la famille espagnole du futur époux de sa cousine, Rose est stupéfaite de reconnaître l'amant de ses dix-neuf ans (n° 2173) ! Enfin, vous ferez la connaissance de Flora qui n'a pas encore commencé son périple, mais n'est pas loin du but ! En effet, en acceptant un travail en intérim auprès d'un grand patron tyrannique, elle compte pouvoir enfin s'offrir le voyage autour du monde dont elle rêve depuis des années (n° 2168). Laquelle d'entre nous ne suivrait pas son exemple ?

Etes-vous prêtes à commencer l'année du bon pied ? Parfait ! Alors, bon voyage et très bonne lecture !

La responsable de collection

HELEN BROOKS

Une fiancée sur contrat

HARLEQUIN

COLLECTION AZUR

Si vous achetez ce livre privé de tout ou partie de sa couverture, nous vous signalons qu'il est en vente irrégulière. Il est considéré comme « invendu » et l'éditeur comme l'auteur n'ont reçu aucun paiement pour ce livre « détérioré ».

Cet ouvrage a été publié en langue anglaise sous le titre :
AND THE BRIDE WORE BLACK

Traduction française de
FLORENCE JAMIN

83-85, boulevard Vincent-Auriol, 75013 Paris — Tél. : 01 42 16 63 63
Service Lectrices — Tél : 01 45 82 47 47
ISBN 2-280-04875-2 — ISSN 0993-4448

1.

— Pardonnez-moi, mademoiselle. Puis-je savoir votre nom ? Vous avez beau être mon invitée, je ne vois pas qui vous êtes. Si je vous avais déjà rencontrée, je ne l'aurais certainement pas oublié..., déclara Alexander Cade.

Une lueur admirative dans son regard aux reflets dorés, il observa longuement la svelte et gracieuse jeune femme blonde qui lui faisait face, visiblement séduit.

— Non, vraiment pas..., reprit-il de sa voix de basse sans détourner les yeux.

Agacée de se sentir détaillée de façon si ostensible, Fabia sentit l'énervement la gagner. De quel droit osait-il l'évaluer comme si elle avait été un objet offert à sa convoitise ? Cette insistance traduisait un total manque de respect, pour autrui en général, et pour les femmes en particulier !

Décidément, les hommes étaient tous les mêmes, aussi goujats et machos les uns que les autres, conclut-elle avec amertume. Jamais elle n'aurait dû accepter d'accompagner Joanie à cette soirée !

Comme elle restait muette, les traits tendus, Alexander Cade s'avança d'un pas et, lui soulevant le menton de l'index, la força à le regarder.

— Vous ne savez pas parler ?

Ce geste déplacé attisa encore la rancœur de la jeune femme. Hors d'elle, et prise d'une impulsion subite, elle décida d'infliger une bonne leçon à ce prétentieux personnage. Dans la mesure où il ne l'avait jamais vue, ne la reverrait jamais et ne connaissait même pas son nom, elle ne risquait rien...

Arborant tout à coup un large sourire, elle lui fit une œillade suggestive, changeant du tout au tout de comportement.

— Mais si, chéri ! lança-t-elle d'une voix gouailleuse, si forte que les gens autour d'eux se retournèrent, surpris. Et je ne fais pas que ça, j'ai bien d'autres talents cachés, tu sais !

L'accent exagérément traînant qu'elle avait pris, caricaturant le parler du sud des Etats-Unis, était si outrancier et vulgaire, ses paroles si provocatrices qu'Alexander Cade, comme elle l'espérait, fut stupéfait par ce changement d'attitude.

— Vous êtes seule ? demanda-t-il, à court de mots.

Elle s'accrocha familièrement à son bras et éclata d'un rire tonitruant.

— Non, et heureusement, beau gosse ! Tu ne crois tout de même pas qu'une fille sexy comme moi passe ses soirées toute seule ! Je m'appelle Mary-Lou, Mary-Lou Dixon, à propos ! Et toi, chéri ?

Visiblement désarçonné, il tenta en vain de s'éloigner de cette encombrante virago, mais Fabia s'accrocha de plus belle.

— Reste avec moi, lâcheur ! Tu peux bien me tenir compagnie deux minutes ! Tu n'aimes pas les jolies femmes ? ajouta-t-elle d'une voix forte en se serrant contre lui.

Comme Alexander Cade soupirait, résigné, Fabia continua, étonnée elle-même de se découvrir de tels talents de comédienne. Prenant son compagnon à témoin, elle lui raconta des anecdotes toutes plus indiscrètes et grivoises les unes que les autres sur sa vie supposée, cherchant par-dessus tout à le mettre mal à l'aise.

Voilà qui lui apprendrait à aborder les inconnues avec

la certitude qu'elles allaient lui tomber dans les bras ! Pour une fois, les rôles étaient inversés, et elle trouvait la situation du plus haut comique.

Au moment où son imagination commençait à s'essouffler, Fabia remarqua dans la foule des invités une jolie jeune femme brune, très élégante, qui les dévisageait d'un air peu amène. Sa petite amie, en conclut Fabia, certainement furieuse de la voir pendue au bras du bel Alexander ! Voilà qui ajoutait encore un peu de sel à la situation, et qui apprendrait à ce M. Cade à faire des avances à des inconnues en présence de sa fiancée du moment !

— Ne t'inquiète pas, chéri, je vais pas t'accaparer toute la soirée, reprit-elle avec un rire de gorge. Tes invités t'attendent, et ta fiancée aussi ! En tout cas, merci, la soirée est super et j'ai bien aimé bavarder avec toi ! J'espère qu'on se reverra, tu es exactement mon genre d'homme...

S'approchant de lui, elle se hissa sur ses hauts talons, se pendit à son cou et déposa sur ses lèvres un baiser langoureux avant de s'éclipser, enchantée du bon tour qu'elle venait de lui jouer.

Il devait être si peu habitué à ce genre de comportement qu'il n'avait même pas eu la présence d'esprit de l'éconduire. Qui aurait osé s'attaquer à Alexander Cade, ce magnat de l'industrie aux allures de vedette de cinéma ? Personne, et encore moins une femme !

Malgré l'antipathie qu'elle éprouvait pour lui sans le connaître, tant il représentait tout ce qu'elle exécrait chez les hommes, elle devait admettre qu'il possédait en effet une beauté hors du commun, savant mélange de virilité brute et de raffinement, qui attirait aussitôt le regard. Tout en lui dénotait l'homme d'exception, depuis son impressionnante stature de sportif aux larges épaules, jusqu'à ses traits raffinés et son regard aux fascinants reflets dorés.

— Tu es peut-être beau, marmonna-t-elle entre ses

dents tout en s'éloignant, mais j'ai le regret de te dire que tu ne me fais pas le moindre effet !

Elle se retourna pour lui jeter un regard, mais il lui tournait le dos, probablement soulagé de son départ...

Soudain, Joanie surgit à son côté :

— Ah ! te voilà ! Je te cherchais partout ! Je sais que tu ne voulais pas venir, mais je suis sûre que tu vas trouver chaussure à ton pied, ce soir, ajouta-t-elle en désignant d'un geste l'assemblée élégante qui se pressait sous les lambris dorés de la grande salle de réception.

— Où étais-tu ? demanda Fabia, habituée aux commentaires parfois un peu insistants de son amie. Tu as manqué le meilleur moment !

— Le meilleur moment ? De quoi veux-tu parler ? J'aurais bien aimé être là, mais j'étais en train de me repoudrer le nez, expliqua Joanie.

Fabia soupira discrètement. Elle adorait Joanie qu'elle connaissait depuis l'adolescence, mais avait parfois du mal à supporter ses manières un peu... familières.

Elles s'étaient connues au lycée, puis leurs chemins avaient bifurqué, Joanie commençant des études d'infirmière et Fabia se lançant dans la communication. Mais leur amitié ne s'était jamais démentie et, dans les moments difficiles, elles s'étaient toujours épaulées, même si leurs styles et leurs intérêts n'étaient pas toujours concordants.

— Bon, alors, raconte-moi ! Quel tour pendable as-tu encore joué ? reprit Joanie. Dis-moi ce que j'ai raté !

— Oh, pas grand-chose ! Je me suis bien amusée, c'est tout...

Joanie dévisagea son amie avec inquiétude. Elle la connaissait suffisamment pour savoir qu'elle était capable de tout.

— Mais qu'as-tu donc fait ?

— J'ai eu une petite conversation avec Alexander Cade. Le but de la soirée est d'admirer le grand homme qui nous invite, n'est-ce pas, puisque c'est lui qui finance cette manifestation ? Tu voulais tellement faire sa connaissance...

— Ne te moque pas de moi, Fabia ! protesta Joanie. C'est vrai qu'on parle tant de lui que je mourais d'envie de le voir en chair et en os ! Ne pas profiter des deux places que le Dr Campbell m'a cédées aurait été stupide ! Je n'ai jamais participé à un gala de charité et je suis ravie de voir tous ces gens célèbres, ces femmes élégantes...

— Tu es bien indulgente..., remarqua Fabia. Les femmes ici sont trop maquillées, et tous ces individus soi-disant importants me donnent la nausée tellement ils ont l'air contents d'eux. Tu vaux mille fois mieux qu'eux, Joanie !

Joanie haussa les épaules et s'exclama d'un air envieux :

— En tout cas, tu as eu la chance de parler à Alexander ! Comment est-il ? Quand je pense qu'il dépense une fortune en une soirée pour financer la recherche médicale !

— Et assurer sa propre promotion par la même occasion..., ajouta Fabia, impitoyable. Si tu veux tout savoir, il est aussi suffisant qu'on pouvait le craindre, et aussi séduisant aussi, je dois le reconnaître...

— Je suis sûre que tu as fait sa conquête, s'exclama Joanie avec un regard ébloui pour son amie dont elle avait toujours admiré la beauté.

Fabia partit d'un rire franc :

— Pas vraiment !

Et elle raconta par le menu à Joanie la scène qu'elle avait jouée à Alexander Cade.

— Tu as fait ça ? s'exclama Joanie, abasourdie.

— Eh oui ! Comme ça, il saura enfin ce que ressent une femme soumise au harcèlement sexuel ! Il n'y a pas de raison que les victimes soient toujours du même côté...

— Fabia, tu n'aurais pas dû ! Et s'il se rendait compte que tu t'es moquée de lui ?

— Il ne me connaît pas, il n'y a aucun danger ! répliqua-t-elle d'un ton assuré. D'ailleurs, je vais poursuivre, pour le cas où il n'aurait pas compris ! Regarde...

Et avant que son amie ait pu la retenir, elle traversa la grande salle de réception et se dirigea vers Alexander Cade, en grande conversation avec un couple d'âge mûr à la mise austère. Tous trois la dévisagèrent avec stupéfaction quand elle surgit, interrompant leur entretien sans crier gare.

— Vous revoilà, mademoiselle Dixon..., déclara Alexander Cade.

Malgré elle, Fabia admira sa mine parfaitement composée. Il était évident qu'il n'avait aucune envie d'être confronté de nouveau à elle, mais il n'en laissa rien paraître.

— Alors tout se passe comme tu veux, chéri ? s'écria-t-elle sur le même ton vulgaire, en lançant une œillade au vieux monsieur distingué auquel elle venait de couper la parole. Vous permettez que je vous le vole un moment ? Il est si mignon, et je sais qu'il me trouve plutôt à son goût lui aussi ! Quelque chose me dit qu'on va finir la soirée ensemble, n'est-ce pas, Alex ? Ce serait du gâchis de dormir chacun de notre côté ! Je connais une façon très agréable d'occuper la nuit, pas vrai ?

D'abord médusé, Alexander Cade lui lança un coup d'œil furieux. Il s'apprêtait à lui répondre quand elle le devança.

— Alors, à tout à l'heure, chéri, et j'espère que tu seras à la hauteur ! conclut-elle d'une voix gouailleuse. Peut-être même que je pourrai t'en apprendre, même s'il paraît que tu te débrouilles plutôt bien...

Et avec un dernier rire de gorge, elle l'embrassa sur les lèvres et rejoignit Joanie, laissant le trio pétrifié.

— Tu n'y as pas été de main morte, lui confia son amie avec une admiration mêlée d'appréhension quand elles se furent un peu éloignées. La pauvre dame avait l'air au bord de l'apoplexie !

— En tout cas, je trouve cette soirée fort distrayante, constata Fabia, et tout ça m'a ouvert l'appétit. Si nous allions profiter un peu du somptueux buffet ?

Le reste de la soirée se déroula bien mieux que Fabia ne l'aurait cru. D'une part, le tour qu'elle avait joué à Alexander Cade l'avait mise d'excellente humeur et, d'autre part, le spectacle assuré par l'imitateur le plus en vogue du moment était d'excellente qualité. Tout compte fait, elle ne regrettait pas d'avoir accompagné Joanie.

Comme la soirée tirait à sa fin, Fabia hésita à s'approcher une dernière fois d'Alexander Cade, mais se ravisa. La leçon avait probablement porté, et il était peu prudent de pousser cet homme à bout, car quelque chose lui disait qu'affronter son courroux ne devait pas être agréable.

Les deux amies décidèrent donc qu'il était temps de rentrer chez elles. Elles traversaient le somptueux foyer de l'élégant hôtel qui avait abrité la fête quand Joanie retint son amie par le bras.

— Excuse-moi un instant, je vais me repoudrer...

En attendant Joanie, Fabia s'assit sur une des banquettes de velours rouge qui entouraient le vaste hall et retira discrètement ses chaussures à talons qui la faisaient souffrir. Puis elle jeta un regard autour d'elle, admirant la richesse des stucs, la dorure des boiseries sculptées, l'éclat des immenses lustres en cristal. C'était le genre d'établissement luxueux où l'amenait Robin autrefois, songea-t-elle avec amertume, à l'époque où elle était assez stupide pour se laisser impressionner. Dieu merci, elle avait évolué depuis. D'ailleurs, pourquoi perdre son temps à penser à ce mufle ? Il n'en valait vraiment pas la peine...

Soudain, elle entendit un bruit de chute, tandis qu'un cri suraigu lui perçait les oreilles.

— Au secours, mon mari a eu un malaise !

Bondissant de son siège, Fabia se précipita vers l'ascenseur, devant lequel un homme était étendu de tout son long. Penchée sur son mari immobile, une dame d'un certain âge un peu replette agitait les bras, affolée.

Fabia l'écarta sans ménagement et jeta un regard rapide au visage congestionné du vieil homme allongé sur le sol. Il semblait au plus mal, comme en attestaient ses paupières dilatées et son teint cireux, et respirait difficilement. Une attaque cardiaque, sans aucun doute, conclut-elle, pétrifiée.

Elle se releva à demi et cria, jetant des regards angoissés autour d'elle.

— Y a-t-il un médecin quelque part ? Quelqu'un qui sait faire un massage cardiaque ?

Mais elle était seule avec le malade et sa femme, et étant donné les cris hystériques que poussait à présent la vieille dame, celle-ci ne serait d'aucune aide, bien au contraire.

La peur au ventre, Fabia tenta de se souvenir des leçons de secourisme qu'elle avait prises autrefois avec Joanie. Si rien n'était tenté très vite, l'homme allait mourir, elle en était certaine...

— Appelez les pompiers, vite ! cria-t-elle à la réceptionniste, tétanisée sur son siège.

Cette fois, l'homme s'était bel et bien arrêté de respirer et Fabia n'hésita pas un instant. Quelques secondes de plus, et il serait trop tard.

Rassemblant tout son courage, elle prit une profonde inspiration, s'agenouilla au-dessus du corps étendu et, après avoir déboutonné sa chemise et dénudé sa poitrine, se mit à pratiquer un massage cardiaque comme elle l'avait fait de nombreuses fois... sur un mannequin.

Les rares personnes encore présentes, accourues à la hâte, observaient la scène, immobiles.

Fabia, qui savait que la vigueur du geste était essentielle, appuyait de plus en plus fort, ce qui suscita les protestations de l'épouse du malade.

— Taisez-vous, s'il vous plaît ! lui intima Fabia. Je n'entends même pas sa respiration !

A la cinquième pression, l'homme aspira une bouffée d'air et un soupir de soulagement se fit entendre dans l'assistance. Il respirait avec peine, au prix d'efforts visiblement douloureux, mais peu à peu la couleur revint sur son visage et Fabia jugea qu'elle pouvait arrêter son massage. Elle observait le malade avec angoisse, cherchant les signes de sa victoire sur son visage. Elle lui parlait doucement en lui caressant la main, l'exhortant à respirer, lui assurant que tout irait bien. Au moment où elle commençait à croire qu'il était tiré d'affaire, il sembla renoncer et s'arrêta de nouveau de respirer. Cette fois, une seule pression sur le cœur suffit à lui faire reprendre son souffle.

Par bonheur, on entendit enfin la sirène de l'ambulance et, soulagée, Fabia vit arriver l'équipe médicale d'urgence, qui prit en charge le malade, le transportant avec mille précautions sur un brancard.

Tandis qu'on l'emmenait, le médecin de garde se tourna vers Fabia et dit en lui tapotant l'épaule :

— Bravo... Cet homme vous doit la vie, sans aucun doute...

— Par chance, je n'avais pas totalement oublié mes cours de secourisme, balbutia-t-elle, au bord des larmes.

Son émotion était si forte qu'elle ressentit tout à coup une grande faiblesse. Sa tête se mit à tourner, elle chancela sur ses jambes et serait tombée si des bras puissants ne l'avaient retenue à la dernière seconde.

— Ecartez-vous, s'il vous plaît, lança une voix grave que Fabia reconnut avec horreur comme celle d'Alexander Cade. Tout va bien à présent.

Il la mena jusqu'à un fauteuil où elle s'assit, plus morte que vive. Le brouhaha autour d'eux s'évanouit peu à peu, et un silence troublé seulement par le bruit feutré des conversations de quelques clients tardifs s'installa de nouveau dans le foyer.

Fabia reprit quelque peu ses esprits et s'inquiéta aussitôt. Alexander Cade l'avait certainement entendue parler avec son accent et sa voix habituels, et il ne pouvait pas ne pas avoir compris qu'elle s'était moquée de lui. En effet, il s'approcha tout à coup d'elle et la dévisagea d'un regard furieux.

— Ces chaussures sont à vous, je présume ? lança-t-il en lui tendant la paire d'escarpins qu'elle venait d'enlever au moment où l'homme était tombé.

— Oui, je...

Sa phrase resta inachevée, car elle perdit tout à coup connaissance. Telle une poupée de chiffon, elle glissa du fauteuil et tomba de tout son long devant Alexander Cade.

C'est le moment que choisit Joanie pour réapparaître. Devant le spectacle de son amie effondrée, elle ouvrit de grands yeux, puis se précipita vers elle au moment où Alexander prenait Fabia dans ses bras et l'allongeait sur un canapé tout proche.

— Que lui avez-vous fait ? s'écria-t-elle d'un air accusateur.

— Mais rien du tout, voyons ! Vous voyez bien qu'elle s'est évanouie !

Joanie le dévisagea, ébahie.

— Mais que s'est-il passé ? Je l'ai quittée il y a quelques minutes, elle semblait en pleine forme ! Que t'arrive-t-il, Fabia ?

— Elle va très bien ! coupa Alexander avec impatience. Laissez-moi m'occuper d'elle.

Il fit signe à Joanie de s'écarter et tendit à Fabia un verre de cognac que venait de lui apporter un serveur.

— Buvez cet alcool. Maintenant !

Fabia n'avait aucune envie d'absorber quoi ce que soit mais le ton d'Alexander Cade était si péremptoire qu'elle n'osa pas refuser. Elle éprouva une curieuse sensation de brûlure en ingurgitant le liquide mais, au bout de quelques secondes, elle se sentit ragaillardie.

— Essayez de vous asseoir, suggéra Alexander Cade en glissant un coussin derrière son dos.

— Peut-être devrait-elle rester allongée..., intervint Joanie. Qui sait ce qu'elle a réellement ? Je suis infirmière et...

Alexander Cade poussa un soupir exaspéré.

— Ecoutez, mademoiselle...

— Fletcher, Joanie Fletcher.

— Mademoiselle Fletcher, votre amie va très bien. Il se trouve qu'elle vient de prodiguer les premiers soins à un malheureux victime d'une attaque cardiaque. Il lui doit la vie, sans aucun doute, et peut-être aussi quelques côtes cassées par la même occasion, car elle a une poigne de fer. Il faudra demander à votre amie de faire preuve d'un peu plus de douceur, la prochaine fois... Si elle en est capable, ce dont je doute fort.

Fabia, qui reprenait peu à peu conscience, avait tout entendu et ces paroles eurent sur elle l'effet d'un électrochoc. Elle se redressa d'un coup, furieuse.

— De quel droit osez-vous ! Vous n'aviez qu'à le faire vous-même, au lieu de critiquer !

— Chère mademoiselle Dixon, quoique ce nom ne soit certainement pas le vôtre, il me semble que jusqu'à présent c'est vous qui avez dépassé les limites, coupa-t-il d'un ton cinglant. Si j'étais vous, je...

Avec sa maladresse habituelle, Joanie intervint :

— Calmez-vous, monsieur Cade, Fabia n'a rien fait de mal !

Poussé à bout, Alexander Cade lui jeta un regard sans complaisance.

— Vous n'avez rien à voir dans toute cette histoire, et votre amie n'a aucune excuse. Est-ce clair ?

Comme Joanie, vexée, gardait le silence, Fabia se leva, soudain pleine d'énergie, et se planta devant Alexander Cade, bien décidée à l'affronter.

Mais quand elle se retrouva face à lui, elle réprima avec peine un frisson d'appréhension. Les traits crispés, il semblait furieux et une inquiétante lueur brillait dans ses yeux mordorés. Pourquoi avait-elle eu l'idée stupide de provoquer un homme de cette envergure ? Il n'allait faire d'elle qu'une bouchée !

— Auriez-vous l'obligeance de m'expliquer ce que signifiait la petite comédie que vous avez semblé prendre tant de plaisir à jouer toute la soirée en ma présence ? demanda-t-il enfin d'une voix sèche.

L'espace d'un instant, Fabia songea à dire n'importe quoi pour éviter le conflit, mais un ultime sursaut d'orgueil l'en empêcha. Elle assumerait ses actes jusqu'au bout, même si elle devait subir le courroux de cet homme...

— Vous voulez vraiment le savoir ? dit-elle en relevant le menton dans un geste de défi. Eh bien, sachez que je ne supporte pas les hommes dans votre genre, si prétentieux qu'ils croient que toutes les femmes sont prêtes à leur tomber dans les bras s'ils condescendent à leur parler ! Quel effet cela vous a-t-il fait d'être importuné ainsi ? Ce n'est pas très agréable, n'est-ce pas, et c'est même parfaitement détestable ! Et bien, figurez-vous que c'est ce que beaucoup de femmes endurent tous les jours par la faute d'individus tels que vous !

Au lieu de répondre à ses accusations, il se contenta de l'observer d'un regard aigu, les bras croisés sur sa poitrine, sans prononcer la moindre parole. Puis, comme elle restait silencieuse, désarçonnée par le calme de sa réaction, il dit enfin :

— Comment s'appelait-il ?

Elle recula d'un pas.

— Que voulez-vous dire ?

— Comment s'appelait l'homme qui vous a traumatisée au point de vous faire détester avec une telle force la gent masculine dans son ensemble ?

Elle baissa les yeux, troublée. Alexander Cade avait-il le don de lire dans les pensées ?

— Vous faires erreur, monsieur Cade, déclara-t-elle en s'efforçant de prendre un air digne.

Le sourire moqueur de son interlocuteur se figea sur ses lèvres.

— Je suis certain que non. D'ailleurs, peu importent vos raisons. Une chose est sûre : c'est que je vais vous faire payer la façon dont vous m'avez ridiculisé tout à l'heure, devant mes invités !

De nouveau, Fabia frissonna. Cette fois, la menace se précisait et l'idée d'affronter la colère de l'homme qui se tenait en face d'elle, la dominant de sa stature d'athlète, lui était extrêmement pénible.

Elle se préparait à résister à l'assaut quand Joanie intervint d'une voix plaintive.

— Oh, Fabia, je me sens mal ! Je sais que ce n'est vraiment pas le moment, mais j'ai l'impression que moi aussi je vais m'évanouir...

Alexander Cade poussa un soupir d'agacement.

— Très bien, très bien. Accompagnez votre amie, et nous reviendrons ensuite à nos moutons. Mais vous ne perdez rien pour attendre, je vous le promets, car je règle toujours mes comptes !

Il héla un chauffeur qui se tenait respectueusement à quelques mètres.

— Swinton ?

Le chauffeur approcha et courba la tête.

— Monsieur ?

— Escortez ces jeunes femmes jusque dans le cabinet de toilette, assurez-vous qu'elles ne s'enfuient pas par une porte dérobée, et ramenez-les ensuite dans le bureau que la direction a mis à ma disposition, où je les attendrai.

Fabia lui lança un regard noir.

— Vous n'avez pas le droit !

— Je tiens à mettre les choses au point avec vous, mademoiselle, et j'emploierai les moyens qu'il faudra, que cela vous plaise ou non, déclara-t-il, intraitable.

A cet instant, Joanie émit un gémissement plaintif et Fabia jugea plus prudent de précipiter les événements.

Prenant son amie par le bras, elle l'entraîna à la hâte, tout en se promettant de ne pas laisser le dernier mot à Alexander Cade. Il ne perdait rien pour attendre...

Mais à sa grande surprise, quand elles furent dans le luxueux boudoir réservé aux dames, Joanie ne sembla pas éprouver le besoin de se rafraîchir. Au contraire, elle inspecta rapidement les lieux, repéra un vasistas en hauteur, et se planta devant Fabia.

— Il n'y a pas de temps à perdre !

Fabia la dévisagea sans comprendre.

— Que veux-tu faire ?

— Mais filer, bien sûr ! s'exclama Joanie comme si la réponse était évidente. Tu ne vas pas me dire que tu comptes te jeter dans la gueule du loup ! Alexander Cade a l'air prêt à nous tuer sur place, tellement il est furieux. Dans ces cas-là, une seule solution : la fuite ! Ce vasistas est providentiel, même s'il va nous falloir faire un peu de gymnastique pour l'atteindre.

— Tu ne vas pas me dire que tu as l'intention de passer par cette minuscule ouverture ! Je croyais que tu étais malade ?

Joanie eut un haussement d'épaules agacé.

— Je me sens en pleine forme, mais simuler un malaise était le seul moyen d'échapper à Alexander Cade. Ne perdons pas de temps. Allez, viens, je passe la première...

Et, joignant le geste à la parole, elle remonta sa robe du soir pour pouvoir enjamber un lavabo, ce qui lui permit d'atteindre le vasistas. Elle s'était déjà glissée jusqu'à la taille à l'extérieur quand elle interpella Fabia.

— Dépêche-toi ! Quelqu'un pourrait arriver d'une minute à l'autre. Mais qu'est-ce que tu fais ? demanda-t-elle avec inquiétude en voyant Fabia fourrager dans son sac.

— Je laisse juste un petit mot d'adieu à ce charmant M. Cade, expliqua Fabia en sortant son rouge à lèvres et en écrivant quelques mots, que Joanie ne parvint pas à lire, sur le miroir.

— Ce n'est pas le moment ! Swinton doit commencer à s'inquiéter. Viens !

Fabia rejoignit son amie à la hâte, et toutes deux se retrouvèrent bientôt saines et sauves dans une petite cour située à l'arrière de l'hôtel. Il ne leur fallut que quelques minutes pour s'engager dans une rue latérale et quitter définitivement les lieux.

Quand elles s'estimèrent hors d'atteinte d'éventuels poursuivants, elles s'accordèrent une pause pour reprendre leur respiration.

— J'ai l'impression d'être retombée en enfance et de jouer aux cow-boys et aux Indiens ! s'exclama Fabia, ravie. Et c'est très amusant !

— Oui, sauf si l'Indien nous rattrape ! Alexander Cade n'avait pas de peinture de guerre, mais c'était tout comme, s'exclama Joanie. Je crois que je n'ai jamais vu quelqu'un d'aussi furieux.

— Ne t'en fais pas, il n'a aucun moyen de nous retrouver, la rassura Fabia. Il ne sait même pas qui nous sommes !

Elles eurent la chance de trouver un taxi et rentrèrent sans encombre, épuisées par cette soirée riche en rebondissements.

Une fois dans son lit, Fabia eut le plus grand mal à trouver le sommeil. Elle ne cessait d'imaginer avec délectation la tête que ferait Alexander Cade quand il découvrirait le mot tracé au rouge à lèvres sur le miroir.

« A ton avis, qui a attrapé qui, chéri ? Désolée, mais cette fois, tu as perdu ! » avait-elle écrit.

Convaincu qu'elle était désormais à sa merci, il serait doublement furieux de la voir lui échapper, et cette seule idée la réjouissait infiniment.

Elle étouffa un petit rire, mais son visage se figea soudain. Et s'il était furieux au point de partir à sa recherche ? Il avait les moyens de mettre sur sa piste tous les détectives privés de Londres...

D'un haussement d'épaules, elle chassa cette pensée dérangeante de son esprit. Il n'avait aucun indice pour les identifier, ni elle ni Joanie : elle n'avait donc pas de souci à se faire. Non, elle ne regrettait vraiment pas de s'être moquée du bel Alexander Cade !

Rassurée, elle se pelotonna sous sa couette, poussa un profond soupir et s'endormit.

2.

La radio diffusait un chant de Noël que Fabia, occupée à surveiller la cuisson de son omelette, accompagnait en sifflotant.

En ce dernier jour de novembre, un ciel gris et lourd annonçait la neige. Deux semaines s'étaient écoulées depuis cette folle nuit où elle et Joanie s'étaient échappées par un vasistas, tels deux gangsters dans un roman policier. Depuis lors, Fabia pensait souvent à Alexander Cade. Bien trop souvent, à son goût...

Elle laissa errer un regard las sur la jolie cuisine de bois naturel qui avait fait sa fierté quand elle l'avait installée, cinq ans auparavant, peu après avoir emménagé dans cet appartement. Bien sûr, elle se plaisait beaucoup dans ce deux pièces ancien plein de charme, mais depuis quelque temps elle éprouvait un sentiment d'insatisfaction qu'elle ne s'expliquait pas.

La sonnerie de la porte d'entrée couvrit un instant le chœur qui entonnait avec entrain « Petit papa Noël », et Fabia poussa un soupir tout en éteignant la radio. Qui pouvait bien venir la déranger à cette heure, en dehors du sempiternel Brian, son encombrant voisin ?

Ce dernier, en effet, avait pris la détestable habitude de passer chez elle en rentrant du travail, convaincu qu'elle le trouvait irrésistible, et elle avait le plus grand mal à lui faire comprendre que non seulement elle n'était pas sensible à son charme, mais qu'il l'horripilait.

Elle s'apprêtait à l'éconduire sous un prétexte quelconque mais, quand elle ouvrit la porte, une exclamation de surprise lui échappa.

— Joanie ! s'écria-t-elle, ravie. Quel bon vent t'amène ?

Joanie n'avait pas l'habitude de lui rendre visite à l'improviste et, comme elle la regardait plus attentivement, elle remarqua son air effrayé.

— Fabia, je suis désolée, j'ai essayé de...

Tout à coup une haute silhouette surgit de l'obscurité du palier et s'avança dans la pièce. Avec horreur, Fabia reconnut alors Alexander Cade.

— Votre amie est un peu émue, excusez-la, déclara-t-il d'un ton railleur. La joie de me revoir, certainement... Mlle Fletcher a commis l'imprudence de se présenter sous sa véritable identité lors de cette soirée où vous avez joué les filles de l'air, et j'ai mis un certain temps, je l'avoue, à retrouver sa trace. Vous n'imaginez pas le nombre d'infirmières du nom de Fletcher qui exercent à Londres !

— Ecoutez, monsieur Cade..., commença Fabia d'une voix tendue.

— Mais je suis tout ouïe, chère Fabia ! Car bien sûr, Mary-Lou n'était pas votre nom véritable. Je préfère Fabia, entre nous. En tout cas, sachez que retrouver votre trace m'a pris beaucoup de temps, coûté une somme considérable, et que je n'apprécie pas beaucoup votre sens de l'humour, Fabia... Fabia comment, d'ailleurs ?

— Grant, précisa la jeune femme, au supplice.

— Très bien. A présent, vous allez m'expliquer les raisons du jeu stupide que vous avez joué avec moi, déclara-t-il, péremptoire. Etant donné que ceci ne concerne en rien Mlle Fletcher, je vais demander à mon chauffeur de la raccompagner chez elle. Il n'est pas indispensable qu'elle assiste à notre conversation.

— Non ! protesta Joanie de toute son énergie. Je reste avec Fabia ! Ce n'était qu'une plaisanterie, et...

— Une plaisanterie? répéta Alexander Cade en affichant une moue dépitée. Mais je suis infiniment déçu! Je croyais que mon charme irrésistible avait encore une fois fait des ravages! Vous sembliez très accrochée, dans tous les sens du terme, n'est-ce pas, Fabia?

Fabia se sentit rougir en se souvenant qu'elle l'avait embrassé deux fois sur la bouche.

— Je ne partirai pas! répéta Joanie avec obstination.

Fabia lui posa la main sur le bras.

— Ne t'inquiète pas, Joanie, tout ira bien, assura-t-elle sans y croire elle-même. Je pense que M. Cade veut simplement une explication. Rentre chez toi, je t'assure.

— Partez, mademoiselle Fletcher... à l'instant! intima sèchement Alexander Cade. Mon chauffeur vous attend.

— Vous n'avez pas le droit de lui parler sur ce ton! protesta Fabia, scandalisée.

Alexander Cade lui jeta un regard plein de mépris.

— Vous me semblez très mal placée pour me donner des leçons, chère mademoiselle Grant. Savez-vous que, à cause de votre petit numéro de charme d'un goût plus que douteux, j'ai manqué un important contrat? Mes interlocuteurs ont été si choqués qu'ils ont préféré cesser toute relation avec moi.

Pendant qu'il parlait, Joanie s'était éclipsée discrètement. Alexander et Fabia restèrent alors face à face dans un silence pesant, comme deux combattants avant l'affrontement.

Si rapidement qu'elle n'eut pas le temps de réagir, il s'avança tout à coup vers Fabia et l'emprisonna brusquement dans ses bras.

— Alors, qui provoque qui à présent, ma chère Fabia? murmura-t-il d'une voix menaçante.

Elle s'apprêtait à lui répondre vertement quand il écrasa sa bouche sur la sienne.

— Toi qui avais tellement envie de m'embrasser, tu dois être ravie...

Le premier choc passé, Fabia reprit ses esprits et chercha à se dégager, outrée par l'attitude d'Alexander. Mais il la maintenait si fermement qu'elle dut renoncer à tout espoir de lui échapper. Il était trop fort, trop grand, trop déterminé pour elle, se dit-elle, découragée : elle n'avait aucune chance. Mortifiée et troublée tout à la fois, elle se sentait perdue. Son agresseur — puisqu'il fallait bien appeler les choses par leur nom — se conduisait comme une brute, mais la sensation de son corps mâle pressé contre elle, de sa bouche possessive sur la sienne provoquait en elle une curieuse langueur qu'elle avait le plus grand mal à maîtriser.

— Laissez-moi ! s'écria-t-elle. Je vous déteste !

— Tout doux, Fabia ! Tu as ce que tu voulais, il me semble ! Laisse-toi faire...

Et il reprit sa bouche, cherchant à forcer la barrière de ses lèvres de sa langue impudique. Fabia commença par se débattre, mais elle comprit soudain qu'il ne la laisserait pas en paix si elle ne se calmait pas, et cessa bientôt de lutter.

Ce qui suffit à le satisfaire, car il s'arrêta aussitôt...

— Tu vois que tu es raisonnable quand tu le veux bien ! s'écria-t-il d'un air triomphant en s'écartant d'elle. Ce n'était pas si pénible, n'est-ce pas ? Mary-Lou aurait adoré, j'en suis certain.

La porte du palier était restée grande ouverte et Fabia se précipita pour la fermer de peur qu'un de ses voisins n'assiste à la scène.

— Entrez dans le salon, puisque vous êtes là, proposa-t-elle de mauvaise grâce. Mais je vous préviens : si vous continuez à m'agresser, je hurlerai si fort que tout l'immeuble viendra à mon secours !

— Quelle charmante invitation ! répliqua Alexander d'un air railleur en s'avançant dans la pièce.

S'approchant d'une fenêtre, il jeta un coup d'œil dans la rue, trois étages au-dessous.

— Ici, pas moyen de vous échapper. Vous allez être obligée de m'écouter. Car, je vous rassure tout de suite, je n'ai pas l'intention de vous violer...

Son air satisfait fit sortir Fabia de ses gonds.

— Trop aimable ! Mais vous êtes visiblement ravi de la situation ! s'exclama-t-elle, hors d'elle. Et très fier de m'avoir retrouvée, comme un chasseur qui a enfin débusqué sa proie !

— En effet, je suis heureux que mes efforts aient porté leurs fruits, car je déteste l'échec. Par ailleurs, je vais vous faire une remarque qui ne manquera pas de vous plaire : vous êtes une excellente comédienne. M. Hymes, le client que j'ai perdu, ne s'est pas douté une seconde que vous improvisiez. Malheureusement pour moi, et pour mon contrat...

Fabia baissa la tête. Elle n'avait jamais imaginé que son petit jeu pût avoir de telles conséquences.

— C'est-à-dire que..., commença-t-elle, d'une voix soudain nettement moins assurée. Il faut que je vous explique...

Alexander la regarda avec un grand sourire, visiblement ravi de la voir enfin déstabilisée.

— Je serais presque tenté de vous écouter, mais en réalité je suis venu parce que j'ai une faveur à vous demander, déclara-t-il, soudain sérieux. Quelque chose d'important que, étant donné les circonstances, vous pourrez difficilement me refuser.

Fabia redressa la tête, surprise. A quoi faisait-il allusion ? Et pourquoi ne voulait-il même pas écouter les explications qu'elle s'apprêtait enfin à lui fournir ?

— Je ne comprends pas...

— Précisément, voilà pourquoi je veux vous parler. Mais pas ici.

Elle lui lança un regard noir.

— Je ne bougerai pas de mon appartement, que ça vous plaise ou non. Et tant pis si vous ne jugez pas cet endroit digne de vous accueillir ! Je ne vis pas dans le luxe permanent, moi, et je ne suis pas née avec une cuiller en argent dans la bouche !

Alexander eut une moue amusée qui acheva d'exaspérer Fabia.

— Vous ne me croiriez pas si je vous disais que vous vous trompez sur mon compte, alors je m'abstiendrai, constata-t-il avec flegme. Toujours est-il que si je suggère de quitter votre appartement, c'est pour vous proposer de discuter autour d'une table de restaurant. Je meurs de faim ! A moins bien sûr que vous ne m'invitiez à dîner.

Il jeta un œil dans la cuisine et aperçut l'omelette toute racornie dans sa poêle.

— C'est votre repas ?

— Absolument. Désolée, ce n'est qu'une simple omelette, je n'ai pas l'habitude de manger du caviar !

Il prit un air accablé, et la dévisagea.

— Quelle désagréable personne vous faites ! Vous êtes toujours aussi agressive, ou vous me réservez un traitement de faveur ?

Il s'attarda sur la silhouette élégante de la jeune femme, sur sa poitrine ronde que révélait un simple T-shirt noir, sa taille d'une extrême finesse et ses longues jambes dont on apercevait le galbe parfait sous sa courte jupe de lin.

— Quel dommage qu'une femme aussi ravissante que vous soit aussi peu aimable, constata-t-il comme s'il se parlait à lui-même.

— Ecoutez, si vous n'êtes pas content, vous n'avez qu'à vous en aller ! s'exclama Fabia, furieuse. J'en ai plus qu'assez de vos commentaires désagréables sur ma personne et mon appartement. Je vous rappelle que je ne vous ai pas invité chez moi ! Vous m'avez identifiée, vous m'avez fait la leçon, maintenant nous sommes quittes, non ?

— Je vous ai dit en arrivant que j'avais à vous parler, et j'insiste pour vous emmener dîner afin que nous puissions discuter tranquillement, puisque l'idée de me préparer un repas ne semble pas vous enchanter, expliqua Alexander.

Fabia lui lança un regard noir qui ne sembla pas le gêner.

— Relaxez-vous, je vous en prie! s'exclama-t-il. Je n'ai aucune mauvaise intention à votre égard, et ce n'est pas parce que je vous invite à dîner que j'estime avoir des droits sur vous.

— Pourquoi vous ferais-je confiance? Qu'est-ce qui me dit que vous n'allez pas tenter de m'embrasser de nouveau?

— En effet, vous n'avez aucune garantie, admit-il sans difficulté. Mais vous m'avez provoqué, et vous avez l'obligation de m'écouter, au moins.

— Je n'y comprends rien..., soupira Fabia, découragée.

— Je vais tout vous expliquer. Prenez votre manteau et sortons, suggéra-t-il. Swinton doit être revenu, à présent.

Fabia hésita un instant avant de décider d'obtempérer. Elle ne risquait pas grand-chose, et s'opposer à Alexander Cade lui paraissait au-dessus de ses forces...

— Vous ne perdrez pas votre soirée, vous serez voiturée et nourrie, ajouta Alexander Cade en lui lançant un regard narquois tandis qu'elle passait sa veste.

— Je ne suis pas un chien! répliqua-t-elle d'un ton sec.

Il sourit et observa longuement sa chevelure au blond éclatant, son visage au teint diaphane et aux traits délicats.

— J'avais remarqué..., murmura-t-il comme s'il se parlait à lui-même.

Sur le palier, ils croisèrent Brian, son voisin, qui se contenta d'un bref salut de la tête et regagna son appartement sans dire un mot.

Avant d'entrer dans l'ascenseur, Alexander lâcha Fabia, au grand soulagement de cette dernière. D'un côté, elle était ravie que Brian l'ait vue avec lui, car elle espérait que ce spectacle refroidirait enfin ses ardeurs, mais de l'autre, la familiarité d'Alexander Cade lui était très pénible.

Car, inutile de le nier, la présence de cet homme séduisant la troublait infiniment. Tout en lui indiquait une éclatante virilité, mais d'une façon discrète et nullement ostentatoire, contrairement à tant d'autres hommes qui avaient croisé son chemin. Sa haute taille, d'abord, accentuée par son impressionnante carrure d'athlète accompli ; l'autorité naturelle qui émanait de toute sa personne ; sa voix grave ensuite, calme et posée, si particulière avec ses accents parfois rauques, et enfin l'aura de sensualité qu'il dégageait et qui ne pouvait laisser aucune femme indifférente. Il ne ressemblait en rien à Robin, songea-t-elle tout à coup.

Cette pensée la troubla tant qu'elle trébucha.

— Vous vous êtes fait mal ? demanda Alexander d'un air inquiet.

— Non, tout va bien, merci, assura-t-elle en se dégageant rapidement comme si ce simple contact lui était insupportable.

Si Alexander Cade remarqua sa réaction, il n'en laissa rien paraître. Il s'avança vers la Bentley garée devant l'immeuble et lui ouvrit galamment la portière.

— Merci d'avoir raccompagné Mlle Fletcher, dit-il à Swinton avant de lui indiquer le nom du restaurant où il devait les conduire.

Puis il s'installa sur la confortable banquette de cuir fauve et se tourna vers Fabia.

— Avant de rentrer dans le vif du sujet, je voudrais mettre certaines choses au point... D'abord, je vais vous appeler Fabia, et vous m'appellerez Alex. D'accord ?

Piquée au vif par ce ton autoritaire, elle faillit se rebiffer, mais quelque chose dans le regard acéré de son interlocuteur lui fit comprendre qu'il ne céderait pas.

— D'accord, marmonna-t-elle sans le moindre enthousiasme. Qu'allez-vous exiger d'autre de moi ?

Elle le défia du regard pour lui faire comprendre qu'elle n'était pas prête à se plier à son bon plaisir.

— Rien que de très honorable, répliqua-t-il aussitôt. Je

voudrais juste vous faire comprendre que je ne suis pas votre ennemi. Je ne sais pas ce qui vous a poussée à adopter le comportement que vous avez eu l'autre jour, et à la limite je ne veux pas le savoir, mais je tiens à vous dire que je n'exercerai aucun chantage sur vous et que je n'ai aucun désir de vengeance. Est-ce clair ?

— Alors, qu'attendez-vous de moi exactement ? J'imagine que vous êtes entouré d'une nuée de femmes qui ne demandent qu'à vous rendre service, alors pourquoi m'avoir sollicitée ?

Il eut un petit rire.

— En effet, l'argent attire beaucoup certaines femmes, comme vous l'avez sûrement remarqué. J'ai d'ailleurs l'impression que vous ne faites pas partie de cette catégorie. Je me trompe ?

— Je n'ai rien contre l'argent ni contre ce qu'il peut procurer, mais je trouve l'amour de l'argent en tant que tel détestable, précisa-t-elle.

Il sembla réfléchir.

— Je partage cette opinion et, pour reprendre une de vos remarques désobligeantes de tout à l'heure, sachez que, si je suis né dans un milieu très aisé, je n'ai jamais été un enfant gâté, expliqua-t-il.

Fabia lui lança un regard surpris. Pourquoi éprouvait-il le besoin de se justifier, tout à coup ?

— Vous ne me croyez pas ? insista-t-il.

— Pas vraiment ! Vous ne savez sans doute même pas ce qu'est une enfance normale. Et à en juger par votre extravagant mode de vie...

Il ne la laissa pas finir.

— Vous ne connaissez rien de mon existence, autrement que par le biais des mensonges que diffuse la presse à scandale ! Vous n'avez donc aucun recul ? Ma vie n'a rien d'extravagant ! Je travaille beaucoup et je n'ai pas honte de l'argent que je gagne, même si j'en gagne beaucoup plus que la moyenne des gens.

— Certes, mais ne niez pas que vous passez vos soirées dans les boîtes de nuit et les restaurants de luxe, accompagné d'une kyrielle de jolies femmes qui vous tournent autour comme les papillons attirés par la lumière ! s'écria-t-elle, poussée à bout. Je connais ce genre d'hommes...

— A en juger par la façon dont vous en parlez, l'un de ces hommes a dû vous faire beaucoup souffrir, observa Alexander. Quant à ma vie privée, pensez-en ce que vous voulez, au fond cela n'a pas d'importance... J'essayais juste de vous expliquer qui je suis, au-delà de ces couvertures de magazines auxquelles vous accordez trop de foi. En ce qui concerne mon enfance, quand vous saurez que mes parents sont morts dans un accident alors que j'avais trois mois, vous comprendrez peut-être que, pour moi, les choses n'ont pas été aussi faciles que vous voulez bien le penser. Cela dit, j'ai eu la chance d'être élevé par ma grand-mère paternelle, qui est une femme exceptionnelle. Ah, nous sommes arrivés...

N'y tenant plus, Fabia prit Alexander par le bras alors qu'il s'apprêtait à ouvrir la portière.

— Cessons ce jeu du chat et de la souris. Où voulez-vous en venir ?

Il se retourna et lui lança un sourire énigmatique.

— Un peu de patience, vous touchez au but. Venez !

Quand ils furent dans le restaurant, le maître d'hôtel accueillit Alexander avec empressement.

— Monsieur Cade ! Quel plaisir de vous voir ! Une table pour deux, à l'endroit habituel ?

Fabia se demanda en son for intérieur si Alexander amenait toujours ses conquêtes dans cet établissement, et cette idée lui déplut fortement... Cependant elle suivit le maître d'hôtel qui les entraîna vers une petite table ronde un peu à l'écart, éclairée de plusieurs bougies.

— Vous désirez un apéritif ? demanda Alexander.

— Non merci, une bouteille d'eau minérale sera parfaite, répondit-elle, agacée par l'air compassé et presque servile du garçon qui attendait, sa serviette soigneusement pliée sur le bras.

Fabia ouvrit la carte et s'aperçut, agacée, qu'elle était rédigée en français. Bien sûr, Alexander Cade ne se commettait pas à fréquenter des restaurants anglais...

Comme s'il avait compris qu'elle ne parlait pas un mot de français, il intervint à cet instant :

— Je vais vous guider dans vos choix, si vous le souhaitez. Cet endroit est connu pour quelques spécialités qu'il serait dommage de rater.

— Merci, dit-elle simplement.

Elle se sentait tout à fait étrangère à ce restaurant, à cette assistance triée sur le volet, à ces convives qui arboraient une élégance de bon ton. Décidément, se dit-elle, elle n'appartenait vraiment pas au même monde qu'Alexander Cade...

Après lui avoir conseillé un feuilleté aux fruits de mer et une brouillade aux truffes, Alex se pencha vers la jeune femme et lui effleura la joue d'un geste fugitif.

— Votre peau a la douceur d'une pêche...

Elle s'écarta brusquement, plus troublée qu'elle ne voulait se l'avouer.

— Ne me touchez pas ! protesta-t-elle d'une voix sifflante.

Elle recula brusquement sur son siège et faillit heurter le serveur qui arrivait, un plateau à la main.

— Excusez-moi, murmura-t-elle avec un sourire.

Dès que le serveur eut disposé les plats et se fut éloigné, Alexander se pencha vers elle.

— Je suis soulagé de constater que vous savez sourire, Fabia ! dit Alex sur le ton de la confidence. Je commençais à en douter, et je dois dire que vous êtes infiniment charmante quand vous abandonnez enfin votre air renfrogné ! Dois-je me faire engager comme serveur pour avoir droit à un peu d'amabilité de votre part ?

Elle haussa les épaules.

— Ne soyez pas ridicule !

— Ma réflexion n'a rien de ridicule ! Vous vous comportez avec moi comme si j'étais au mieux, une nuisance, et au pire un homme à abattre ! Vous suis-je donc si insupportable ?

— Je ne vous connais pas, rétorqua Fabia. Pourquoi me seriez-vous insupportable ou sympathique ?

— Je l'ignore, Fabia, mais il est évident que vous avez de moi une image très négative, bien à tort, et que je serais ravi de vous faire changer d'avis.

Il posa sur elle un regard insistant, et elle baissa les yeux, mal à l'aise.

— Vous êtes ravissante, reprit-il de sa voix grave aux accents sensuels. Une femme d'exception... Mais vous êtes certainement fatiguée de susciter l'intérêt des hommes.

— Exactement !

Elle se garda d'ajouter qu'aucun homme n'avait jamais réussi à la déstabiliser comme il savait le faire d'un simple geste, d'une remarque anodine, d'un regard...

— Vous détestez qu'on s'intéresse à vous, mais plus vous protestez, plus j'ai envie de savoir ce que cache cette attitude hostile, déclara-t-il. J'adore les défis, Fabia, vous devriez vous méfier !

Elle bougea nerveusement sur sa chaise, de plus en plus mal à l'aise. Elle n'avait pas la moindre envie de représenter un défi pour Alexander Cade !

— Ecoutez, Alex — puisqu'il faut que je vous appelle Alex —, venons-en au fait. Vous aviez quelque chose à me dire : je vous écoute.

Il posa son verre et la dévisagea avec acuité.

— Eh bien, dit-il, j'ai besoin de votre aide.

— Mon aide ? Mais je ne peux rien faire pour vous, voyons !

— Si ! objecta Alex. Votre mère ne vous a jamais appris à réfléchir avant de parler ?

Elle lui lança un regard dur, tant cette réflexion anodine touchait chez elle une corde sensible.

— Je n'ai jamais vraiment eu de mère, rétorqua-t-elle.

— Vous êtes orpheline ? s'enquit Alex, étonné.

Elle hésita un instant à lui répondre, car elle ne souhaitait en aucun cas que la conversation prenne un tour trop personnel. Mais elle en avait déjà trop dit.

— Non, expliqua-t-elle avec un apparent détachement. Ma mère m'a abandonnée à la naissance et j'ai été placée en institution jusqu'à l'âge de seize ans. Inutile de vous préciser que j'ai tout fait pour acquérir un métier et pouvoir être indépendante le plus vite possible.

Il réfléchit un instant, et elle lui sut gré de lui épargner les soupirs attristés dont on la gratifiait d'ordinaire quand elle évoquait son enfance.

— Dans une certaine mesure, nous avons vécu la même chose, remarqua-t-il enfin.

— Vous croyez? rétorqua-t-elle d'un ton railleur. Je ne veux pas faire de la surenchère, mais j'en doute fort! Vous n'aviez pas vos parents, certes, mais vous aviez votre grand-mère.

Il y eut un silence.

— La solitude d'un enfant privé de ses parents est la même pour tous, et ce quelles que soient les circonstances, objecta-t-il enfin d'une voix soudain tendue.

— Peut-être, admit-elle à contrecœur.

Devant ses traits soudain crispés, elle devina qu'il avait souffert lui aussi. Peut-être cachait-il une certaine sensibilité sous ses dehors de mâle au cœur de pierre?

Sautant du coq à l'âne, elle demanda :

— Vous travaillez beaucoup?

— Pourquoi me posez-vous cette question? Si vous me prenez pour un rentier, vous vous trompez. Je pourrais en effet vivre du capital que m'ont laissé mes parents, mais je m'ennuierais à mourir! Je suis à la tête de multiples sociétés et c'est une très lourde tâche. De la façon dont je les gère dépend l'emploi de milliers de salariés à travers le monde, et cette pensée m'est parfois très pénible. Pour eux comme pour moi, je n'ai pas droit à l'erreur. Je constate à votre air étonné que vous ne m'imaginiez pas en travailleur! Non, je ne passe pas mon temps aux Bahamas, entouré de magnifiques naïades à demi nues, je vous assure !

Fabia resta muette, et accueillit l'arrivée du serveur avec soulagement. Au fil du repas, elle fut bien obligée de constater qu'elle avait une image fausse d'Alexander Cade : il était bien plus complexe et profond que le playboy prétentieux et superficiel qu'elle avait imaginé.

Pourtant, quelque chose l'empêchait de lui faire confiance, songea-t-elle tandis qu'il commandait une bouteille de bordeaux dans un français parfait. Il était trop beau, trop séduisant, trop riche, et elle ne parvenait pas à comprendre ce qu'un homme comme lui pouvait attendre d'elle.

Certes, elle se savait capable d'attirer l'attention des hommes, mais elle ne représentait certainement rien d'exceptionnel pour Alexander Cade, habitué à évoluer dans un milieu très privilégié. Essayait-il de l'entraîner dans un piège pour lui faire payer son audace ? Il en était bien capable...

Il se pencha tout à coup vers elle.

— Vous avez soudain l'air affolé d'un animal pris au piège ! lança-t-il d'une voix moqueuse. Pourquoi avez-vous peur de moi ?

Encore une fois, elle déplora sa perspicacité qui lui permettait de deviner ses pensées les plus intimes.

— Je n'ai pas peur de vous ! protesta-t-elle en mentant avec aplomb. Je n'ai pas souvent peur, d'ailleurs.

Il lui lança un regard satisfait.

— Parfait, murmura-t-il comme s'il se parlait à lui-même. De mieux en mieux... Vous correspondez tout à fait à ce que je cherche.

Quel plan diabolique avait-il concocté ? Elle lui jeta un coup d'œil inquiet et la lueur étrange qui brilla dans son regard aux reflets dorés la déstabilisa de plus belle. Il la regardait comme un prédateur observe sa proie, certain de sa future victoire.

— Votre feuilleté aux fruits de mer, mademoiselle,

annonça le maître d'hôtel, faisant sursauter la jeune femme.

— Vous êtes bien distraite, Fabia, remarqua Alexander. J'ai l'habitude que les femmes que j'invite au restaurant soient plus présentes... Depuis le premier instant où nous nous sommes rencontrés, vous ne cessez de me surprendre ! La vie avec vous ne doit jamais être ennuyeuse...

Elle goûta son feuilleté pour éviter de lui répondre.

— C'est délicieux ! s'exclama-t-elle, éblouie par la légèreté et le raffinement de ce plat délicat.

— Je suis ravi que ce restaurant vous plaise. Pour être honnête, je craignais que vous ne fassiez partie de ces femmes qui condescendent avec peine à manger une feuille de salade pour garder leur ligne. Vous avez pourtant une silhouette de rêve...

Pourquoi faisait-il toujours des commentaires sur sa personne ? s'interrogea-t-elle, troublée et agacée à la fois. Elle n'avait que faire de son opinion !

— J'ai la chance de ne pas avoir de problèmes de poids, confirma-t-elle d'un ton léger pour éviter que la conversation prenne un tour trop intime. Probablement du fait de mon travail.

Il leva un sourcil étonné.

— Pourquoi ? Vous êtes professeur d'éducation physique ?

De nouveau, elle se reprocha d'avoir trop parlé. Chaque fois qu'elle lui donnait une information sur elle-même, il cherchait à en savoir plus.

— Non, pas du tout. Je suis dans la communication, à certaines périodes nous travaillons d'arrache-pied pour boucler un projet, et j'ai à peine le temps de manger...

— Je vois...

Elle eut tout à coup la sensation terriblement déroutante que, tel un ordinateur, il enregistrait chacune de ses paroles pour mieux la cerner et utiliser ensuite chaque donnée à son profit. Son intelligence hors du commun devait être pour lui une arme redoutable, songea-t-elle avec effroi : elle n'était probablement qu'un pion qu'il avait l'intention de déplacer à sa guise pour servir ses intérêts.

Elle devait absolument parvenir à contrôler la crainte qu'il lui inspirait, songea-t-elle. Il était supérieurement intelligent, certes, mais s'il le fallait elle devrait trouver en elle la force de l'affronter. Elle lui montrerait qu'on ne peut pas tout acheter avec l'argent et la puissance, et en tout cas pas sa docilité !

— Un dessert ? demanda-t-il tout à coup alors que le serveur attendait la commande.

— Non, merci...

— Allons, ce serait dommage de ne pas goûter la crème brûlée ! spécialité de la maison, n'est-ce pas, Xavier ? Apportez-nous-en deux, s'il vous plaît.

Quand ce dernier se fut éclipsé, Fabia lança à Alex un regard noir.

— Etes-vous toujours aussi directif ? demanda-t-elle avec une agressivité mal dissimulée. Vous n'écoutez jamais les autres ?

Il parut surpris de cette attaque.

— Excusez-moi, dit-il d'un air contrit qui étonna Fabia. Je pensais vous faire plaisir, ce dessert est vraiment excellent.

Tout à coup, Fabia regretta d'avoir été désagréable. Non seulement Alex l'avait invitée à dîner dans un très bon restaurant, mais il s'était jusque-là comporté en parfait gentleman. Pourquoi sortait-elle de nouveau de ses gonds ?

— Je suis désolée... Je ne voulais pas me montrer agressive, mais je suis un peu nerveuse. Et je reste persuadée que je ne peux rien faire pour vous... Vous n'auriez pas dû insister, monsieur Cade...

— Nous étions convenus que vous m'appelleriez Alex, corrigea-t-il d'un ton sec. Et si j'ai insisté, c'est en connaissance de cause. Etant donné le numéro auquel vous vous êtes prêtée l'autre jour, vous me devez un service. Ce ne sera que justice...

On apporta le dessert, mais tout appétit semblait avoir quitté Fabia. Que voulait-il d'elle ? Et que signifait cette lueur presque inquiétante qui s'allumait parfois dans ses yeux ?

Il dégusta la moitié de sa crème brûlée en prenant son temps, puis posa sa cuillère et la regarda fixement. Fabia comprit alors qu'il allait enfin lui révéler ce qu'il attendait d'elle.

— J'ai une proposition à vous faire, annonça-t-il d'une voix ferme. Vous allez m'écouter sagement, ensuite je vous laisserai quelques jours pour réfléchir avant de me communiquer votre décision.

Il fit une pause comme pour ménager son effet.

— J'ai besoin de vos services pour une question d'ordre privé, et je vous saurai gré de ne pas interrompre mes explications, commença-t-il du ton qu'il devait utiliser lorsqu'il présidait des conseils d'administration.

Elle hocha la tête, résistant à l'envie de le remettre à sa place et de lui rétorquer que quoi qu'il lui demande, elle refuserait.

— Comme je l'ai mentionné tout à l'heure, j'ai été élevé par ma grand-mère paternelle dans sa propriété de Cumbria jusqu'au moment où je suis rentré au collège, commença-t-il, tandis que Fabia se demandait pourquoi il faisait de nouveau référence à son enfance. J'étais pensionnaire, et je retournais chez elle pour les vacances. Ma grand-mère avait cinquante ans à peine à la mort de mes parents et elle les a remplacés du mieux qu'elle a pu.

— Je ne vois pas où..., l'interrompit Fabia.

— Quelle impatience ! s'exclama Alex d'un ton courroucé. Je vous ai demandé de m'écouter jusqu'à la fin ! J'irai droit au but, puisque vous semblez si pressée ! Ma grand-mère a aujourd'hui quatre-vingt-six ans, et son état général s'est beaucoup dégradé depuis six mois. J'ai eu un entretien avec son médecin traitant il y a quelques semaines, et il ne m'a pas caché qu'à son avis elle ne vivra pas encore très longtemps. J'ai beaucoup d'affection pour elle, Fabia...

— C'est bien naturel, observa-t-elle pour dire quelque chose.

— Elle est dotée d'une forte personnalité et n'a pas l'habitude de mâcher ses mots. Je pense que vous vous entendriez bien avec elle. En fait, vous avez beaucoup de points communs, autant que je puisse en juger, bien que je ne vous connaisse pas très bien.

— Où voulez-vous en venir, Alex ? demanda Fabia, légèrement agacée.

— A ceci : comme vous le savez, les magazines me fiancent régulièrement avec tel ou tel mannequin à la mode, et ma grand-mère se désole de ne pas me voir me ranger. Je suis certain qu'elle mourrait en paix si elle me savait sur le point de me marier. Voilà pourquoi j'ai pensé à vous...

Fabia le dévisagea avec stupéfaction, tant ce qu'elle imaginait lui paraissait absurde.

— Vous voulez dire que...

— Oui, que je vais vous demander de vous faire passer pour ma fiancée et d'accepter de m'accompagner chez elle pour fêter Noël, précisa-t-il sans paraître remarquer les yeux écarquillés de Fabia.

Terrassée par l'étonnement, elle fut incapable d'articuler un mot et il reprit la parole.

— Bien sûr, j'aurais pu demander à une autre femme de ma connaissance de me rendre ce service, mais je vous ai choisie pour plusieurs raisons. D'abord, comme vous me l'avez si bien montré, vous jouez parfaitement la comédie. Ensuite, vous me devez bien une faveur pour vous faire pardonner. Enfin, vous êtes exactement le type de femme qui plaira à ma grand-mère...

Il prit le temps de finir tranquillement son dessert, sous le regard stupéfait de Fabia.

— Entendons-nous bien, ajouta-t-il après quelques

instants, c'est une proposition en tout bien tout honneur! Nous dormirons dans des chambres séparées, naturellement, car de toute façon ma grand-mère ne l'entendrait pas autrement. Elle est d'origine italienne, et ne badine pas avec la morale. Vous serez mon amie, mon amie très chère, et je lui laisserai entendre que je compte vous demander en mariage. Cela lui suffira.

— Mais..., balbutia enfin Fabia. Il n'est pas question que...

Il se pencha vers elle, darda sur elle son regard aux reflets dorés et elle se tut, tétanisée.

— Si, il en est question, Fabia! C'est vous que je veux, et vous seule! Une femme qui est capable de s'enfuir en robe du soir par un vasistas après avoir fait un numéro des plus réussis et sauvé, qui plus est, un inconnu de la mort saura convaincre ma grand-mère que son petit-fils chéri est sur le point de convoler en justes noces! Je veux que vous passiez Noël avec nous, Fabia, répéta-t-il en martelant chaque syllabe. A présent, finissez votre café et ne dites rien pendant au moins cinq minutes...

3.

Fabia n'attendit pas cinq secondes pour exprimer son refus.

— C'est une idée absurde ! s'exclama-t-elle avec force.

— Pourquoi ? rétorqua Alex.

— Parce que je n'ai aucune envie de passer pour votre petite amie, et que je vois très bien comment la situation pourrait dégénérer, quoi que vous en disiez !

Cette fois, Alex parut très contrarié.

— Je vous arrête tout de suite ! déclara-t-il, péremptoire. Ma proposition n'a rien d'ambigu, et sachez que, quand je passe un contrat, j'en respecte toujours les termes. D'ailleurs, sans vouloir me vanter, je n'ai jamais eu besoin d'utiliser des méthodes aussi sournoises pour attirer une femme dans mon lit ! Je ne sais pas quel genre d'hommes vous avez l'habitude de fréquenter, mais je ne suis pas de ceux-là. Tout sera clair, net et précis, et consigné par écrit si cela vous rassure. Je dormirai dans mon lit, et vous dans le vôtre, soyez sans crainte.

— Mais...

— Ma grand-mère habite en Cumbria, coupa-t-il comme si elle n'avait rien dit. Vous connaissez cette région, peut-être ?

— Bien sûr, assura-t-elle, vexée. Mais je suppose que tout cela est une plaisanterie ?

— En aucune façon ! Vous passerez Noël avec moi,

vous verrez ! Vous n'aviez pas fait d'autres plans, j'espère ? Je me chargerai de tout annuler si besoin est. Je suis même prêt à parlementer avec votre petit ami pour lui expliquer la situation s'il a du mal à comprendre que vous vous désengagiez à la dernière minute.

— Mes projets ne vous regardent pas ! protesta-t-elle.

— Bien entendu, assura-t-il en se penchant soudain vers elle pour lui prendre la main. Mais comme je sais que vous n'avez pas de famille et que je ne vois pas de bague de fiançailles à vos jolis doigts, j'en déduis que, si petit ami il y a, ce n'est sûrement pas sérieux.

Elle retira sa main à la hâte, tant ce simple contact la déroutait. De quel droit inspectait-il ses doigts à la recherche d'une bague de fiançailles, et quand la laisserait-il enfin en paix ?

— Vous êtes vraiment impossible ! lança-t-elle. Et de toute façon, je serais incapable de me faire passer pour votre petite amie ! Nous n'avons rien de commun et nous ne vivons pas dans le même monde. Je ne fréquente jamais ce genre de restaurant, je ne côtoie pas les mêmes gens que vous ! Votre grand-mère comprendrait tout de suite qu'il s'agit d'une supercherie.

— Vous exagérez, Fabia ! Quelqu'un qui a été crédible en Mary-Lou Dixon est capable d'assumer tous les rôles, déclara-t-il avec un regard ironique. Et je ne vois pas en quoi le fait de ne pas fréquenter le même genre de restaurants crée un fossé infranchissable entre deux êtres...

Elle le dévisagea d'un air buté. Il avait raison sur le fond, mais elle ne céderait pas.

— Quoi qu'il en soit, reprit-il avec calme, je vous ai promis de vous laisser un temps de réflexion. Je ne vous demande pas de répondre ce soir à ma proposition.

— Ah, il s'agit d'une proposition ? releva-t-elle d'un ton railleur. Un instant, j'avais cru que c'était un ordre...

Il sembla perdre son sang-froid.

— Loin de moi l'idée de vous donner des ordres, coupa-t-il d'un ton sec. Cependant, puisque vous m'y obligez, je dois vous rappeler que vous êtes ma débitrice.

— Je n'ai pas commis de crime, que je sache ! protesta Fabia.

— Non, mais vous pouvez me rendre un service pour vous faire pardonner. D'ailleurs, je ne vous demande rien d'extravagant : vous accomplirez pour moi une mission ponctuelle, à l'issue de laquelle vous serez libre de tout engagement. Vous pouvez bien m'accorder quelques jours de votre vie, que vous passerez dans un cadre magnifique, accueillie par une charmante vieille dame qui certainement vous adorera... Ce n'est tout de même pas un effort insurmontable, que diable ! Vous n'aurez rien d'autre à faire qu'être vous-même, et me manifester de temps à autre quelques discrètes marques d'affection pour que notre couple soit plausible. Uniquement lorsque nous serons en présence de ma grand-mère, bien sûr... Le reste du temps, vous pourrez redevenir la désagréable petite personne que vous êtes !

Elle résista à l'envie de le souffleter et se força à garder le contrôle d'elle-même.

— A supposer que j'accepte ce contrat absurde — ce qui n'arrivera pas, je vous préviens tout de suite —, comment expliqueriez-vous à votre grand-mère les circonstances de notre rencontre ? reprit-elle après un silence pesant. Je serais la modeste employée miraculeusement remarquée par le grand patron, une sorte de Cendrillon des temps modernes ?

Il poussa un soupir découragé.

— Vous devriez avoir quelques entretiens avec un psychologue pour reprendre confiance en vous, ma chère Fabia ! lança-t-il avec ironie. Votre façon de vous rabaisser face à moi est proprement ridicule !

— Je n'ai aucun complexe d'infériorité, rassurez-vous. J'essaye juste d'imaginer la réaction de votre grand-mère quand vous me présenterez !

— Je lui expliquerai simplement la vérité, déclara Alex. Je lui dirai que nos regards se sont croisés lors d'un gala de charité, et que la terre a tout à coup cessé de tourner, et pour vous et pour moi...

L'espace d'un instant, elle crut percevoir un léger tremblement dans sa voix et lui lança un regard surpris.

— Simple, n'est-ce pas ? ajouta-t-il d'un ton de nouveau maîtrisé.

— Je refuse d'entrer dans votre jeu, monsieur Cade, déclara-t-elle, l'air buté.

— Alex ! corrigea-t-il avec aigreur. Et encore une fois, je ne vous demande pas de me répondre maintenant.

— Trop aimable...

— Je vous appellerai en temps utile. Swinton doit nous attendre et je suggère que nous partions, ajouta-t-il en se levant pour gagner la sortie.

— Mais nous n'avons pas payé ! s'exclama-t-elle sans réfléchir.

Il eut un sourire presque attendri.

— J'ai un compte ici, expliqua-t-il. Et ne me regardez pas comme si j'étais Crésus en personne ! Encore une fois, je n'ai pas honte de mes moyens !

— Je suis étonnée, c'est tout, corrigea-t-elle d'un air pincé en le suivant vers la voiture.

Il lui lança un regard furieux, tout en lui ouvrant la portière de la Bentley.

— Plus qu'étonnée ! En réalité, vous essayez de me culpabiliser, comme si j'avais commis un crime et que cet argent constituait entre nous une barrière infranchissable. Vous n'êtes pas assez bornée pour penser que deux individus socialement éloignés ne peuvent pas s'entendre, j'espère ?

Elle comprit qu'elle avait été trop loin.

— Bien sûr que non, admit-elle à contrecœur. D'ailleurs, ce n'est pas le problème. La question est de savoir si votre grand-mère trouverait plausible que vous vous intéressiez à moi. J'imagine qu'elle est habituée à vous voir avec des femmes autrement plus sophistiquées !

— Et surtout beaucoup moins originales... Nous nous ressemblons beaucoup, elle et moi, et je sais qu'elle appréciera tout de suite votre beauté et votre charme, dit-il en dardant sur Fabia un regard insistant.

Elle se figea sur son siège, bouleversée par la lueur séductrice qui brillait dans ses yeux aux fascinants reflets dorés. Alexander Cade était terriblement dangereux, songea-t-elle, en plein désarroi. Jamais aucun homme n'avait eu sur elle un tel effet, et cette sensation inconnue de vulnérabilité lui était infiniment pénible.

Ils traversaient à présent un quartier animé de Londres où la foule se pressait à la sortie des cinémas et des bars, et la lueur crue des néons éclaira l'habitacle feutré de la Bentley. A la dérobée, Fabia jeta un coup d'œil sur Alex et fut frappée par la noblesse de son profil, l'harmonie parfaite de ses traits, la distinction de son port de tête. D'où tenait-il cet air d'autorité naturelle, cette assurance calme et tranquille de conquérant que rien ni personne ne pouvait ébranler? Elle l'ignorait, mais elle devait admettre qu'il ne ressemblait à aucun des hommes qu'elle avait rencontrés jusqu'alors...

La voiture s'arrêta soudain au pied de son immeuble et Fabia se ressaisit aussitôt. A aucun prix Alex ne devait deviner l'effet dévastateur qu'il produisait sur elle, car sa morgue en serait encore renforcée.

— Merci pour le dîner, lança-t-elle d'un air délibérément anodin. C'était délicieux...

— Je vous raccompagne jusqu'à votre porte, annonça-t-il d'un ton qui n'admettait pas la réplique, tout en sortant comme elle de la voiture. N'ayez aucune crainte, je m'arrêterai sur le seuil, c'est promis !

Et sur ces paroles, il la saisit par le bras d'un air d'autorité et l'entraîna vers l'entrée du bâtiment. Il était si grand, si puissant, si déterminé face à elle ! pensa-t-elle, impressionnée, en se laissant mener avec une docilité qui l'étonna elle-même.

Dans l'ascenseur, l'exiguïté de la cabine ne fit qu'accentuer le trouble de la jeune femme. C'est avec soulagement qu'elle vit enfin la porte coulisser.

— Nous sommes arrivés, balbutia-t-elle en se hâtant de sortir. Merci encore.

— J'ai dit jusqu'au seuil, insista Alex de sa voix grave.

Quand il avait décidé quelque chose, rien ni personne ne pouvait lui faire changer d'avis, songea-t-elle avec un mélange d'agacement et d'appréhension. Sans un mot, elle avança jusqu'à son appartement et fouilla dans son sac à la recherche de ses clés. Pour une raison qu'elle ne s'expliquait pas, ses gestes n'avaient jamais été aussi gauches et elle eut la pénible sensation d'être ridicule.

En effet, le dos appuyé au mur, les bras croisés sur sa poitrine, Alex l'observait d'un air amusé.

— Vous voilà chez vous, murmura-t-il enfin de sa voix grave aux accents sensuels sans la quitter des yeux. Saine et sauve..., ajouta-t-il tandis qu'une lueur ambiguë s'allumait dans son regard aux reflets dorés. Vous voyez, je ne suis pas le grand méchant loup ! Alors pourquoi tant de nervosité ?

Elle se mordit la lèvre, en proie à un affolement soudain. Pourquoi ne partait-il pas ? Ce tête-à-tête n'avait que trop duré !

— Je ne devrais sûrement pas faire ça, chuchota-t-il soudain d'une voix rauque, mais vous me tentez trop...

Et sans lui laisser le temps de réagir, il s'approcha d'elle, l'enlaça d'un geste possessif et se mit à l'embrasser avec une ardeur qui la laissa pantelante.

D'abord, elle fut si surprise qu'elle ne songea pas à protester. Puis, comme son baiser se prolongeait et qu'une vague de chaleur l'envahissait, elle comprit avec horreur que non seulement elle éprouvait un plaisir infini à sentir contre elle le corps musclé d'Alex et à lui abandonner ses lèvres, mais qu'elle attendait ce moment-là sans même se l'avouer depuis le début de la soirée. Fermant les yeux, elle se laissa aller aux sensations enivrantes que ses caresses faisaient naître en elle. Les yeux clos, le cœur battant à tout rompre, elle inspira profondément pour se pénétrer de son parfum envoûtant et se mit à répondre à son baiser avec la même ardeur.

Cependant ce moment d'égarement ne dura que quelques secondes et Fabia reprit soudain le contrôle d'elle-même. Elle se figea, et Alex le sentit aussitôt. Mais, au lieu d'insister comme elle le redoutait, il la lâcha immédiatement.

— Je suis stupide, murmura-t-il comme s'il se parlait à lui-même. Stupide...

Et sans ajouter un mot, il s'éloigna et se dirigea vers l'ascenseur, sans même la saluer. Quelques secondes plus tard, la porte de la cabine se refermait sur lui et il disparaissait sous le regard stupéfait de Fabia, qui n'avait pas bougé.

Elle resta un moment sur le palier, le cœur battant, bouleversée par la violence des sensations qu'elle venait d'éprouver dans les bras de cet homme qu'elle connaissait à peine. Que lui arrivait-il ? Jamais auparavant elle ne s'était laissée aller ainsi ! Pourquoi ne l'avait-elle pas repoussé quand il l'avait prise dans ses bras ?

Derrière sa porte qu'elle n'avait même pas eu le temps d'ouvrir, la sonnerie du téléphone se fit entendre distinctement. Les clés étaient restées dans la serrure, et elle se hâta d'ouvrir. Qui pouvait bien l'appeler à une heure aussi tardive, sinon Joanie pour venir aux nouvelles ?

En effet, c'était son amie.

— Alors ? s'exclama-t-elle aussitôt. Que s'est-il passé ? Il a été désagréable ? Il t'a menacée ?

Fabia soupira. Elle n'avait aucune envie de se lancer dans des explications, et d'ailleurs elle était si désorientée elle-même qu'elle n'aurait pas su que dire...

— Tout va bien, Joanie ! assura-t-elle. C'est gentil de te soucier de moi, mais je te raconterai tout demain. Je tombe de sommeil et j'ai envie d'aller me coucher.

— Mais qu'avait-il de si important à te dire ? insista Joanie.

— Nous en parlerons demain, si tu veux bien. Et ne t'inquiète pas, il ne m'a pas agressée. Dors bien, et à demain ! ajouta-t-elle avant de raccrocher.

Une fois dans son lit, Fabia resta longtemps sans pouvoir s'endormir. Ses pensées la ramenaient toujours à la soirée où elle avait fait la connaissance d'Alex. Encore et toujours, elle s'interrogeait sur les raisons qui l'avaient poussée à jouer cette invraisemblable comédie, dont elle payait aujourd'hui les conséquences.

La réponse s'imposa peu à peu à son esprit. Les circonstances de ce gala de charité étaient si semblables à celles qui avaient préludé à sa rencontre avec Robin, sept ans auparavant, qu'elle s'était comme par magie retrouvée transportée dans le passé. Toute sa rancœur avait resurgi, aussi vive qu'autrefois, et Alex, qui avait eu le malheur de lui adresser la parole à cet instant, en avait fait les frais...

Pourtant, se remémora-t-elle avec amertume, comme elle avait été heureuse, autrefois, de gagner grâce à un concours une invitation à cette élégante soirée londonienne ! Pour l'innocente jeune fille de dix-huit ans qu'elle était alors, cette occasion de côtoyer les vedettes et la foule élégante qu'elle admirait dans les journaux était inespérée. Installée à Londres depuis seulement quelques mois, elle était tout excitée d'assister à ce bal et avait la sensation merveilleuse de vivre un véritable conte de fées.

La robe du soir en velours rouge qu'elle avait achetée pour l'occasion lui avait paru outrageusement décolletée, mais la vendeuse à laquelle elle expliquait à quelle occasion elle la porterait avait insisté :

— Jolie et bien faite comme vous êtes, vous pouvez tout vous permettre ! Et là où vous allez, vous ne détonnerez pas, bien au contraire ! Vous verrez, toutes les invitées rivaliseront d'élégance...

En effet, Fabia avait constaté, éblouie, que la vendeuse ne s'était pas trompée. Les toilettes étaient plus somptueuses les unes que les autres, et elle avait noté avec soulagement en pénétrant dans la grande salle de bal richement décorée qu'elle était parfaitement dans le ton... et attirait sans le vouloir les regards masculins.

Avec son œil de séducteur averti, Robin l'avait repérée très rapidement. Gracieuse et svelte dans sa robe dont le rouge carmin rehaussait son teint de porcelaine, Fabia était, sans s'en rendre compte, infiniment désirable : son bustier près du corps soulignait sa poitrine ronde et sa taille de guêpe, et ses cheveux blonds relevés en chignon mettaient en valeur son port de reine en dégageant son long cou.

Robin s'était approché d'elle et, sourire aux lèvres, lui avait tendu une coupe de champagne qu'elle avait acceptée en rougissant, bouleversée d'avoir éveillé l'attention de ce bel homme mûr au regard ténébreux. Plein de charme et de délicatesse, Robin avait flairé aussitôt la proie facile et fait immédiatement sa conquête. Innocente et perdue dans cette grande ville inconnue, comment Fabia n'aurait-elle pas été éblouie par cet homme avenant, certes nettement plus âgé qu'elle, mais en apparence si courtois et distingué ?

Dans les premiers temps de leur relation, Robin se montrait plein de fantaisie et d'attentions, et elle n'avait pas tardé à tomber amoureuse de lui. Il l'invitait dans des restaurants élégants, au théâtre, venait la chercher au bureau dans sa Rolls Royce, et semblait disposer de moyens inépuisables. Il était omniprésent, et elle ne vivait plus que pour lui.

Puis, un soir, il l'avait emmenée dans son appartement, et leurs baisers s'étaient faits plus intimes, leurs caresses plus précises...

— Je t'aime, Fabia, tu es la femme de ma vie, et je veux tout de toi ! Pourquoi te refuser à moi ? s'était-il étonné. L'âge entre nous importe peu, nous sommes faits l'un pour l'autre !

Malgré tout son amour, elle n'était pas encore prête, et elle avait tenté de le lui expliquer. Mais dans les semaines qui suivirent, il était devenu de plus en plus pressant. Puisqu'ils s'aimaient, pourquoi ne pas aller au bout de cet amour ? Elle comptait pour lui comme jamais aucune femme n'avait compté, et il souhaitait construire sa vie avec elle. Comment pouvait-elle avoir la cruauté de le faire attendre plus longtemps ?

De plus en plus amoureuse, et brûlant elle aussi de lui appartenir, elle s'était enfin laissé convaincre et avait accepté de passer un week-end dans son appartement...

Toute sa vie, Fabia se souviendrait du cri de la jolie rousse qu'elle avait surprise ce matin-là, couchée nue auprès de Robin... Devançant de quelques heures son arrivée chez son fiancé, Fabia avait en effet voulu lui faire une surprise en lui apportant des croissants. Mais elle l'avait trouvé en compagnie de sa maîtresse du moment, revenue sans prévenir de Paris !

Robin était resté un moment pétrifié, puis avait poussé un juron, furieux sans doute d'avoir manqué l'occasion de mettre cette fraîche et innocente jeune fille dans son lit...

Il n'avait pas eu un mot pour Fabia qui, immobile sur le pas de la porte, avait regardé le couple nu avant de s'enfuir, maîtrisant ses sanglots avec peine. Ils ne s'étaient plus jamais revus, mais Fabia avait gardé en elle une profonde blessure.

L'humiliation et le sentiment de trahison qu'elle avait éprouvés l'avaient marquée pour toujours et avait profondément modifié sa vision des hommes, et par conséquent de son propre avenir. Puisque sa naïveté et son innocence l'avaient perdue, elle serait désormais impitoyable avec les hommes, s'était-elle promis. Ils étaient des êtres égoïstes et superficiels, et les rares exceptions qu'elle connaissait ne faisaient que confirmer la règle. A l'avenir, elle prendrait avec cynisme leurs beaux discours...

Depuis son aventure avec Robin, elle n'avait eu que quelques flirts sans conséquences, car elle refusait dorénavant de s'engager et coupait court dès que la relation durait. Elle misait tout sur sa réussite professionnelle et si parfois, en s'endormant seule dans son lit, elle ressentait un curieux malaise, elle le maîtrisait vite en se convaincant qu'elle préférait la solitude à la trahison. L'adolescente romantique et naïve avait fait place à une femme lucide, amère, désenchantée. L'amour avec un grand A n'existait que dans les romans, et elle avait appris à ses dépens que la vie n'est pas un roman...

Le sommeil la gagna enfin aux premières lueurs de l'aube. Elle dormait à poings fermés quand la sonnette de la porte d'entrée l'éveilla en sursaut.

Qui osait sonner chez elle à 8 heures un samedi matin ? se demanda-t-elle, furieuse, en jetant un œil à son réveil. Ce ne pouvait être que cet importun de Brian, qui se croyait tout permis !

D'un geste rageur, elle enfila une robe de chambre sur son pyjama de soie bleue et se précipita dans l'entrée, décidée à le remettre à sa place.

En effet, elle ne s'était pas trompée : Brian se tenait bien sur le palier, un sourire narquois aux lèvres.

— Je te rapporte le café que tu m'as prêté l'autre jour, annonça-t-il. Je ne t'ai pas réveillée, j'espère ?

— Si, assena Fabia. Il est 8 heures du matin et nous sommes samedi.

— Oh, je suis désolé..., s'exclama-t-il comme s'il tombait des nues.

— Si tu n'y vois pas d'inconvénient, je vais me recoucher, poursuivit-elle sèchement. Je suis fatiguée.

Une lueur mauvaise brilla dans le regard de Brian.

— Bien sûr, remarqua-t-il avec aigreur. Tu as passé une nuit épuisante dans les bras de ton petit ami, c'est cela ? ajouta-t-il en entrant chez elle sans y avoir été invité.

Elle eut un bref instant de panique, mais se ressaisit aussitôt.

— Sors de mon appartement ! ordonna-t-elle.

— Pourquoi ne m'invites-tu pas ? Parce que je n'ai pas de Bentley ? demanda-t-il sans lui obéir le moins du monde. Il faut donc être riche pour te plaire ?

— Ma vie privée ne te regarde pas, répliqua-t-elle avec violence, refusant de rentrer dans cette discussion. Je te demande de me laisser !

— Et pourquoi le ferais-je ? répliqua-t-il en avançant encore d'un pas.

Cette fois, elle prit peur, tant il semblait prêt à tout.

— Parce que si tu t'obstines et que je le raconte à mon fiancé, il risque d'être de très mauvaise humeur. Et quand il est de très mauvaise humeur, il est très désagréable. Tu saisis ?

— Vraiment ? rétorqua Brian, tu l'appellerais à ton secours ? Il ne viendrait peut-être pas, tu sais... Ce genre d'homme est habitué à chasser bien plus gros gibier que toi...

Révoltée, Fabia ne releva pas, mais se décida à tenter le tout pour le tout pour se débarrasser de Brian.

— Détrompe-toi, Brian ! Non seulement c'est mon fiancé, mais il m'a demandé de passer les vacances de Noël chez lui pour me présenter à sa famille ! Tu es convaincu à présent, j'espère ?

Et, sans attendre sa réponse, elle le poussa doucement sur le palier.

— Maintenant, tu m'excuseras, mais je suis en train de prendre froid ici, en plein courant d'air, affirma-t-elle d'une voix redevenue normale. Je vais me recoucher. Bonne journée, Brian...

Trop surpris pour réagir, il se laissa faire et Fabia laissa échapper un soupir de soulagement en refermant la porte derrière elle. Elle préférait ne pas songer à ce qui serait arrivé s'il avait insisté.

Trop énervée pour se recoucher, elle prit une longue douche tout en se demandant pourquoi elle avait eu l'idée saugrenue d'inventer ces vacances avec Alex pour calmer Brian. Elle aurait pu penser à quelque chose de plus plausible, car naturellement c'était un mensonge pur et simple : elle n'avait pas la moindre intention de répondre favorablement à cette demande.

En tout cas, son initiative avait été efficace : Brian semblait craindre Alex et elle saurait dorénavant comment se débarrasser de lui s'il l'importunait de nouveau. Au fond, sans s'en rendre compte, Alex lui avait rendu un fier service en insistant pour la raccompagner !

Fabia passa le reste de la journée chez elle, et prit pour une fois le temps d'écrire, de classer son courrier et de donner quelques coups de téléphone qu'elle avait jusque-là repoussés. Elle resta longtemps en ligne avec Joanie, à laquelle elle raconta par le menu sa soirée avec Alex, et se coucha tôt. Elle avait si mal dormi la nuit précédente qu'elle était épuisée.

Le lendemain, elle était invitée à déjeuner chez Mary, une de ses collègues de travail, dont le mari était en voyage. Ravie de se changer les idées, Fabia fit la connaissance de ses enfants, deux adorables petits garçons. Les deux amies firent une grande promenade dans Hyde Park, les enfants juchés sur leurs vélos tournant joyeusement autour d'elles. Puis, de retour dans la petite maison de Mary, elles se préparèrent une tasse de thé qu'elles dégustèrent devant un bon feu de cheminée.

Quand Fabia rentra chez elle, détendue après cette journée paisible, elle eut la surprise en sortant de l'ascenseur de trouver Alex adossé nonchalamment contre sa porte.

Elle resta un instant immobile, sa clé dans la main, et lui lança un regard stupéfait.

— Bonsoir, Fabia, lança-t-il de sa voix grave, comme s'il était parfaitement naturel qu'il fît ainsi le guet devant chez elle. Je viens d'avoir une petite conversation avec ton voisin. Curieux individu, n'est-ce pas ? Je doute en tout cas qu'il t'importune de sitôt...

— Tant mieux. Que t'a-t-il raconté ? demanda-t-elle en adoptant à son tour le tutoiement.

— Je t'expliquerai, dit Alex. Mais le palier n'est peut-être pas le meilleur endroit pour bavarder, ne crois-tu pas ?

Elle acquiesça d'un bref signe de tête. Elle n'avait en effet aucune envie que Brian surprenne leur conversation, car il était bien capable de les épier par le judas.

Dès qu'elle eut refermé la porte derrière eux, Alex lui adressa un large sourire.

— Si j'ai bien compris, nous aurons le plaisir de te voir à Noël ! s'exclama-t-il. En tout cas, c'est ce que tu as raconté à ton charmant voisin, n'est-ce pas ?

— C'est-à-dire que...

Il lui lança un coup d'œil scrutateur qui ne fit qu'accentuer son malaise.

— Oui ? Je t'écoute...

Elle posa nerveusement son sac sur la console de l'entrée. Comment se tirer de la situation inconfortable dans laquelle elle se trouvait par la faute de Brian ? Il n'était pas question qu'elle passe Noël avec Alex, et il faudrait bien le lui annoncer, songea-t-elle avec appréhension. Il serait sans nul doute furieux, et tenterait peut-être de faire de nouveau pression sur elle pour la faire céder. Pour la millième fois, elle se repentit amèrement d'avoir eu l'inconscience de provoquer un homme aussi redoutable lors de ce gala de charité. Désormais, il ne la laisserait plus en paix...

— Tu permets que je m'assois ? demanda-t-il en prenant place dans un de ses fauteuils club de cuir sans attendre sa réponse.

Elle lui jeta un regard en coin et fut comme toujours frappée par l'aura de séduction qui émanait de lui. Il portait un simple pull-over en cashmere noir qui mettait en valeur son léger hâle, et dans son jean foncé ses jambes paraissaient interminables. Des boots complétaient à ravir sa tenue au chic décontracté. Il possédait une telle distinction naturelle que, sur lui, les vêtements les plus simples paraissaient très élégants, songea-t-elle, troublée.

Elle se reprit cependant bien vite. N'avait-elle pas

décidé une bonne fois pour toutes de rester insensible aux hommes, quels qu'ils soient, et aux tentatives qu'ils pouvaient faire pour la séduire ? Elle avait eu la sottise de se faire prendre une fois à ce jeu de dupes, et elle n'était pas près de recommencer...

— Alors, que se passe-t-il ? demanda Alex en fronçant les sourcils.

— Mais rien du tout !

Il eut un petit rire qui l'exaspéra.

— Bien sûr que si ! insista-t-il. Tu as l'air d'une véritable pile électrique. Quelque chose ne va pas ? Ou est-ce moi qui te mets dans tous tes états, peut-être ?

Fabia poussa soudain un profond soupir. Mieux valait lui dire tout de suite la vérité.

— Alex..., je ne viendrai pas en Cumbria avec toi. En fait, tout est la faute de Brian, dit-elle d'une voix mal assurée, trop mal à l'aise pour parler clairement.

Les traits d'Alex s'étaient soudain figés, et son sourire s'était évanoui. Il la fixa d'un regard sans complaisance.

— Si tu commençais par le commencement ? suggéra-t-il d'une voix froide. Je n'y comprends rien...

Elle prit une profonde inspiration et se lança enfin dans une explication à peu près cohérente. Quand elle eut terminé, elle jeta un regard inquiet à Alex, et ses craintes se confirmèrent. Il paraissait en proie à une rage froide qui effraya la jeune femme.

— Tu possèdes un aplomb incroyable, ma chère Fabia, déclara-t-il enfin avec un mépris à peine dissimulé. Non contente de me ridiculiser durant toute une soirée devant mes propres invités, de disparaître comme une voleuse, de me faire perdre mon temps et mon argent pour retrouver ta trace, tu te sers de moi pour régler tes comptes avec tes soupirants ! C'est inconcevable !

— Mais je t'ai expliqué que Brian...

— Je me fiche de cet imbécile de Brian ! coupa sèchement Alex. J'ai été assez clair avec lui pour qu'il ne t'importune pas de sitôt. L'important, maintenant, c'est moi, et ce que j'attends de toi ! ajouta-t-il d'un air menaçant. Tu comprends ?

Elle lui lança un regard apeuré. Cette fois, elle l'avait vraiment mis en colère, et ses colères devaient être redoutables...

— Personne ne s'est jamais comporté ainsi avec moi, reprit-il d'une voix sifflante, et c'est la première et la dernière fois. A partir de maintenant, tu vas faire ce que j'attends de toi ! Je ne sais pas pour quelle raison tu agis ainsi, quels comptes tu as à régler et avec qui, mais peu importe...

— Alex...

— D'abord, tu vas écouter ce que j'ai à te dire, précisa-t-il en faisant mine de n'avoir pas entendu. J'ai essayé d'être courtois, gentil, accommodant, mais puisque ce système ne te convient pas, je vais me montrer beaucoup plus directif, que cela te plaise ou non. D'abord, tu vas m'accompagner à Noël chez ma grand-mère, est-ce clair ?

Trop, c'était trop ! songea Fabia, révoltée. Pour qui se prenait-il pour lui dicter ainsi sa conduite ?

— Je n'irai pas ! lança-t-elle soudain avec force. Quels que soient ta fortune et tes moyens de pression, rien ne m'oblige à t'obéir !

Un éclat métallique brilla soudain dans le regard d'Alex et elle comprit qu'elle l'avait poussé à bout.

— Je te déconseille de me provoquer, Fabia, lança-t-il d'une voix glaciale, car tu pourrais apprendre à tes dépens quels sont mes « moyens de pression », comme tu dis...

Elle se leva brusquement et fit mine de se diriger vers la cuisine pour couper court à cette conversation, mais il la saisit par le bras et, d'une poigne de fer, l'attira à lui.

— Tu ne peux pas m'échapper, Fabia, malgré ta détermination et ta dureté... Comment une femme d'apparence aussi fragile peut-elle se montrer aussi impitoyable ? ajouta-t-il comme s'il se parlait à lui-même.

— Je ne suis pas impitoyable !

Il y eut un silence pendant lequel ils se firent face comme deux lutteurs avant l'affrontement.

— Vraiment ? Et à qui réserves-tu ta douceur, Fabia ? reprit-il en la serrant contre lui. Certainement pas à moi, en tout cas...

Il était si proche à présent qu'elle sentait son odeur, subtil mélange des fragrances discrètement épicées de son eau de toilette et de sa peau virile. Elle se figea soudain, affolée. Elle ne voulait pas de cette promiscuité, elle ne voulait rien avoir à faire avec cet homme ! Il était trop viril, trop déstabilisant...

Il se pencha soudain vers sa nuque, et ses lèvres glissèrent le long de son cou en une caresse si sensuelle qu'elle se mit à trembler.

— Pourquoi te comportes-tu toujours comme si j'étais ton ennemi ? murmura-t-il. Nous avons bien mieux à faire ensemble que nous combattre, tu le sais comme moi...

Les yeux clos, le souffle court, elle songea qu'elle devait mettre un terme à cette étreinte, que tout ceci n'était que folie, mais elle était comme paralysée. Elle s'aperçut tout à coup qu'il défaisait un à un les boutons de son chemisier, mais ne parvint pas à réagir.

— Alex, je t'en prie, gémit-elle enfin quand il dégrafa son soutien-gorge et s'empara de ses seins dressés.

Etait-ce une protestation ou une supplique ? Elle l'ignorait elle-même, mais elle était en train de s'abandonner au plaisir intense que ses mains sur sa poitrine provoquaient en elle quand, soudain, la raison lui revint. A quoi jouait-elle ? se demanda-t-elle avec une terrible lucidité. Ne voyait-elle pas où Alex voulait en venir ?

Elle se dégagea brusquement, ramena sur sa poitrine nue les pans de son chemisier et s'écarta de lui.

— Ne me touche pas ! lança-t-elle, une lueur affolée dans son regard dont le bleu avait viré au violet.

Il lut sur son visage une telle hostilité qu'il n'insista pas. A l'incompréhension succéda sur ses traits la colère, et il s'avança vers la fenêtre. Là, il resta quelques minutes à contempler la rue plongée dans l'obscurité en tapotant nerveusement la vitre de ses doigts.

Pourquoi n'avait-elle pas réagi plus tôt ? s'interrogeait Fabia, en plein désarroi. Etait-elle devenue folle, ou Alex prenait-il sur elle un dangereux ascendant ? Dans tous les cas, elle devait redoubler de vigilance.

Un moment s'écoula dans un silence pesant avant qu'Alex s'écarte de la fenêtre et reprenne sa place dans le fauteuil club.

— Revenons-en à nos moutons, déclara-t-il avec détachement, comme s'il discutait d'un contrat professionnel. Tu viendras avec moi en Cumbria, et tu joueras le rôle que nous avons mis au point. C'est d'accord ?

— Je te déteste ! lança-t-elle d'une voix sifflante.

Il ne parut aucunement affecté.

— Peu importe... Tu passeras quelques jours avec moi, ensuite tu repartiras et je ne te demanderai plus rien. Ce n'est pas insurmontable, que je sache !

Elle lui lança un regard si hostile qu'il réagit enfin.

— Inutile de me dévisager comme si j'étais un assassin ! s'exclama-t-il. J'ai été aimable, compréhensif, gentil même, et tu es restée intraitable. Tu ne peux t'en prendre qu'à toi-même si je suis obligé à présent d'employer les grands moyens et de devenir menaçant !

Il se leva et se dirigea vers la porte.

— Je te contacterai pour t'informer de la date de notre départ. Ah, juste une précision avant de partir... Tu t'es enfuie il y a quelques semaines, et je te déconseille de recommencer. Car cette fois, quand je te retrouverai, je serai beaucoup moins accommodant. Bonne nuit, Fabia...

Une fois seule, Fabia resta un moment prostrée sur le canapé. Puis elle se leva comme une furie et se précipita vers la porte, sur laquelle elle tambourina avec une rage impuissante.

Elle était prise à son propre piège ! songea-t-elle, furieuse contre elle-même, contre Alex, contre la terre entière.

Pourquoi avoir raconté cette histoire à Brian ? Pourquoi avoir provoqué Alex ? Elle s'était trompée d'ennemi... En effet, si s'opposer à Brian ne l'inquiétait nullement, elle se sentait incapable d'affronter Alex. Elle n'avait aucune prise contre sa volonté de fer, son charme ravageur, sa sensualité si troublante !

Son abattement dura quelques instants, mais elle finit par retrouver le contrôle d'elle-même. Ne s'était-elle pas juré sept ans auparavant de ne plus jamais dépendre d'un homme ? Certes, Alex était un adversaire plus que redoutable, mais elle ne devait pas se soumettre ainsi avant même d'avoir combattu !

Il se croyait le plus fort, mais si elle manœuvrait avec habileté, elle parviendrait peut-être à retourner la situation à son avantage. Rien n'était perdu, même si la partie s'annonçait serrée...

D'un pas soudain plus ferme, Fabia se dirigea vers la salle de bains et ouvrit grand les robinets de la baignoire. Elle avait besoin de cette détente pour faire le point sur la situation et échafauder son plan.

Elle irait avec Alex chez sa grand-mère et se ferait passer pour sa petite amie comme il le souhaitait, car elle n'avait guère le choix.

Mais sous couvert de se montrer docile, elle resterait inaccessible, et le traiterait avec froideur s'il essayait de nouveau de la toucher. S'il avait imaginé ce scénario dans l'espoir de l'attirer dans son lit, il serait cruellement déçu...

4.

— Tu n'as pas froid ? demanda Alex.

Bercée par le ronronnement discret du moteur de la Bentley, Fabia, qui somnolait, se redressa soudain.

— Non, je suis très bien, merci, répondit-elle.

Depuis leur départ de Londres en fin de matinée, la neige qui menaçait s'était mise à tomber à gros flocons et rendait la conduite difficile. A travers la vitre, Fabia jeta un coup d'œil inquiet aux champs recouverts d'un épais manteau blanc et songea avec appréhension qu'ils risquaient d'être bloqués si la tempête ne se calmait pas. Ce voyage qu'elle redoutait tant s'annonçait encore plus pénible qu'elle ne l'avait imaginé.

Elle aurait dû se préoccuper davantage de la météo, se reprocha-t-elle un peu tard en constatant qu'elle n'avait emporté aucune paire de chaussures adaptées à la neige. Peut-être Alex pourrait-il lui prêter l'équipement adéquat une fois qu'ils seraient arrivés, mais dans l'immédiat elle aurait le plus grand mal à sortir de la voiture avec ses ridicules escarpins à talons !

Retenant un soupir, elle s'efforça de ne pas céder au découragement, mais le cœur n'y était pas. En effet, alors qu'elle s'apprêtait à passer près d'une semaine avec Alex, ces quelques heures en tête à tête dans la voiture lui avaient semblé atrocement longues. Elle n'était guère optimiste quant à la suite des événements...

— A quoi penses-tu ? reprit Alex. Regretterais-tu d'être venue ?

Fabia haussa les épaules d'un air désabusé.

— Que je regrette ou non ne change pas grand-chose à la situation, il me semble, déclara-t-elle avec un détachement qui n'était qu'apparent. Tu ne m'as guère laissé le choix...

Elle tourna ostensiblement la tête vers la portière, décidée à ignorer son compagnon de voyage, qui lui lança un regard de côté.

— Ne boude pas, Fabia, je t'en prie ! s'exclama-t-il, mi-agacé, mi-amusé. C'est une très vilaine habitude !

Pourquoi s'adressait-il à elle comme si elle avait dix ans ?

— Je ne boude pas ! protesta-t-elle, piquée au vif. Je n'ai rien à dire, c'est tout, donc je me tais.

— Une femme qui se tait même quand elle n'a rien dire ? Mais c'est extraordinaire ! s'exclama Alex, stupéfait. Fabia, pas de doute, tu es un véritable oiseau rare, et avec toi je vais de surprise en surprise. Celle-ci est merveilleuse, je dois l'avouer...

— Oh, je t'en prie ! coupa Fabia, poussée à bout. Fais-moi grâce de tes remarques ironiques !

— Très bien, rétorqua-t-il. Alors parlons d'autre chose. De tes chaussures, par exemple. As-tu emporté quelque chose de plus adapté que ses ravissants escarpins en daim beige clair sur lesquels la moindre trace d'eau, ou de neige, laissera une marque indélébile ?

— Je n'ai pas pris de bottes, avoua-t-elle, vexée. Mais je te rappelle qu'il ne neigeait pas quand nous avons quitté Londres.

— Tu aurais pu t'informer sur la météo, rétorqua-t-il. Je te rappelle, moi, que nous sommes en décembre et que nous allons en pleine campagne. Tes escarpins risquent de ne pas apprécier.

Elle lui lança un regard noir.

— Pourquoi as-tu l'air sinistre de quelqu'un qui va monter sur l'échafaud ? s'étonna-t-il.

— Parce que c'est exactement l'état d'esprit dans lequel je me sens, répondit-elle sans hésiter.

Il poussa un soupir.

— Fabia! s'exclama-t-il d'un ton découragé. Que vais-je bien pouvoir faire de toi?

— C'est bien cela qui me préoccupe, figure-toi! rétorqua-t-elle sèchement.

De nouveau, il y eut un silence.

— Ecoute, reprit Alex, sans la moindre ironie cette fois, il est temps à mon avis de mettre certaines choses au point entre nous. Lors de notre dernière rencontre, je n'étais pas dans mon état normal...

Nous y voilà! pensa Fabia avec cynisme. Après la poigne de fer, le gant de velours! Pour Alex, tous les moyens étaient bons pour arriver à ses fins, c'est-à-dire faire sa conquête. Puisqu'elle avait résisté à la manière forte, il changeait à présent de tactique et tentait de se montrer conciliant, de la mettre en confiance. S'il la croyait assez naïve pour se laisser séduire par cette grossière manœuvre, il allait être déçu...

— J'admets avoir été trop loin, mais tu m'avais poussé à bout, poursuivit-il après un silence. Quoi qu'il en soit, je n'ai pas la moindre intention déplacée à ton égard, et je prends l'engagement de ne pas t'importuner pendant la semaine que nous allons passer ensemble, sois-en certaine. Je te demande simplement d'être suffisamment attentionnée avec moi pour que notre prétendue relation soit plausible.

— Attentionnée jusqu'à quel point? demanda Fabia d'une voix glaciale.

— On ne peut pas dire en voyant ta mine funèbre que la perspective de cette cohabitation ait l'air de t'enchanter! observa Alex avec cynisme. Je connais pourtant beaucoup de femmes qui donneraient cher pour être à ta place... dans l'espoir de profiter de la situation et, peut-être, de se faire épouser. Ma fortune excite malheureusement bien des convoitises : tu vois, je ne me fais pas d'illusion sur l'intérêt qu'on me porte...

— C'est un des inconvénients d'être riche, conclut

Fabia avec détachement. Pourquoi n'y aurait-il que des avantages au fait d'être un privilégié ?

Alex ne répondit pas, et le silence s'instaura de nouveau dans l'habitacle. La neige redoublait de vigueur, à tel point qu'on voyait à peine la route malgré les essuie-glaces qui menaient un ballet incessant.

— Il serait plus prudent de faire une pause pour déjeuner, proposa enfin Alex. Je m'arrêterais volontiers un moment.

Fabia comprit soudain qu'il devait être épuisé, car la chaussée rendue glissante exigeait une attention de tous les instants. Pourtant, il ne semblait pas fatigué : en toutes circonstances il restait maître des événements, constata-t-elle, impressionnée. Rien ni personne ne semblait avoir de prise sur Alex, et c'était cette force inébranlable que l'on devinait en lui, conjuguée à son charme viril, qui le rendait si dangereusement attirant.

— Cette tempête de neige était prévue pour demain, observa-t-il. Si la météo avait été plus exacte, nous serions partis hier et nous nous serions évités ce pénible voyage.

— Je n'aurais pas pu partir hier, précisa aussitôt Fabia. J'ai déjà eu suffisamment de mal à me libérer pour aujourd'hui !

— Tu te serais débrouillée, assura Alex d'un ton calme.

Comme toujours, il n'envisageait pas une seconde que quelqu'un ose contrecarrer ses plans, et cette tranquille assurance exaspéra Fabia. Elle se retint cependant de contre-attaquer, décidée à faire quelques efforts pour que cette semaine ne soit pas un enfer. Il serait toujours temps, une fois de retour à Londres, de régler ses comptes avec Alex, avant de cesser définitivement toute relation avec lui.

— Nous y sommes ! annonça-t-il tout à coup en se garant devant un bâtiment au toit de chaume recouvert d'une épaisse couche de neige. Je m'arrête toujours ici quand je vais voir ma grand-mère.

— J'ai cru que nous n'arriverions jamais, avoua Fabia, soulagée. La route était vraiment épouvantable...

— Tu as eu peur ? s'étonna-t-il. Il n'y avait aucun danger ! Il suffit d'être vigilant. Et rassure-toi, même si nous avions eu un incident mécanique, tu n'avais rien à craindre. Je suis là, et je me serais occupé de toi.

Il éteignit le moteur et se tourna lentement vers elle.

— Tant que je suis à tes côtés, Fabia, il ne t'arrivera jamais rien de mal, ajouta-t-il. Tu comprends ce que je veux dire ?

Il la dévisagea avec un regard chargé d'une telle intensité qu'elle se troubla. De quoi parlait-il exactement, et pourquoi avait-elle l'impression que son discours possédait un sens caché ? Mal à l'aise, elle baissa la tête, en proie à une étrange émotion.

— Je ne suis pas sûre..., balbutia-t-elle d'une voix tremblante.

— Un jour, tu comprendras, affirma-t-il avec une gravité qui accentua encore le trouble de la jeune femme.

Puis, brusquement, il sortit de la voiture, en fit le tour et vint lui ouvrir la portière.

— Viens, indiqua-t-il, je vais te porter jusqu'à l'auberge !

Et sans attendre son assentiment, il se pencha et la prit dans ses bras comme il l'eût fait d'une enfant.

— Laisse-moi, protesta-t-elle d'abord avec vigueur. Je peux très bien marcher !

Ignorant ses paroles, il referma la portière de son pied et se dirigea vers l'auberge. Au fur et à mesure qu'il avançait, Fabia sentit toute volonté de résistance l'abandonner. Serrée contre sa poitrine, elle se laissa submerger par le sentiment merveilleux que cette étreinte provoquait en elle. Dans les bras d'Alex, elle se sentait protégée, prise en charge. Fermant les yeux, elle inspira pour se pénétrer de son parfum viril et se lova contre son large torse. Il avait raison : tant qu'il serait auprès d'elle, rien ne pourrait jamais lui arriver, songea-t-elle tout à coup, éblouie et apaisée à la fois.

Enfin ils atteignirent le porche et le charme se rompit soudain. Furieuse contre elle-même, Fabia se reprocha aussitôt ce moment de faiblesse. Pourquoi perdait-elle aussi facilement ses moyens, alors que, après la trahison qu'elle avait subie, elle s'était juré de ne plus jamais faire confiance aux hommes ? Alex n'était peut-être pas aussi pervers que Robin, mais il n'attendait rien d'autre d'elle qu'un service ponctuel. Elle n'avait rien à attendre de lui, et ne devait en aucun cas succomber à son charme...

Avec une surprenante délicatesse, il la posa sur le seuil et, poussant la porte, s'effaça pour la laisser passer.

La douce chaleur et la bonne odeur d'un feu de bois qui pétillait dans la grande cheminée de pierre accueillirent agréablement les nouveaux arrivants. Le propriétaire des lieux, un géant à la longue barbe rousse occupé à essuyer des verres derrière le bar, posa son torchon et s'avança vers eux, un large sourire aux lèvres.

— Ravi de vous voir, monsieur Cade ! s'écria-t-il avec un plaisir non feint. Je disais justement hier à ma femme que vous n'étiez pas venu depuis longtemps !

— Trop longtemps, en effet, George, acquiesça Alex. Je suis heureux de constater que vous avez l'air en pleine forme ! Permettez-moi de vous présenter Mlle Grant, mon amie, que je viens présenter à ma grand-mère à l'occasion des fêtes de Noël.

George dévisagea Fabia avec un intérêt non dissimulé.

— Enchanté, mademoiselle, s'exclama-t-il avec une expression admirative.

Puis il se tourna vers Alex et ajouta avec un clin d'œil complice :

— Si je puis me permettre, monsieur Cade, vous avez bien de la chance, votre amie est ravissante. Mais allez donc vous asseoir près du feu pendant que je vous prépare un bon thé pour vous remettre de vos émotions ! Et en attendant, regardez donc la carte.

Dès qu'il eut disparu dans la cuisine, Fabia se tourna vers Alex, l'air furieux.

— Tu exagères ! s'écria-t-elle. Tu aurais pu le remettre à sa place !

— Mais pourquoi ? rétorqua Alex. Il ne t'a pas insultée ! Il te trouve jolie, et il le dit avec simplicité. Et s'il t'a prise pour ma petite amie, tant mieux, puisque c'est le but du jeu ! C'est en quelque sorte une répétition.

— Mais je ne veux pas que...

Alex la coupa d'un geste de la main.

— Je ne comprends pas cette agressivité latente qui surgit à la moindre occasion, et plus précisément chaque fois qu'on te fait un compliment ! déclara-t-il comme s'il se parlait à lui-même. Ou plutôt si, je devine que tu cherches inconsciemment à te venger d'un homme, d'un homme qui t'a fait souffrir. C'est cela, n'est-ce pas ?

— Pas du tout ! protesta Fabia, ébranlée par sa perspicacité.

Alex la dévisagea en fronçant les sourcils et poussa un profond soupir.

— Peu importe ce que tu as vécu..., ajouta-t-il. Toujours est-il que nous avons passé un contrat, et qu'à partir de maintenant tu es priée de ne pas t'offusquer chaque fois qu'une allusion est faite à notre supposée relation. D'abord, c'est la raison même de ton séjour ici, et d'autre part, entre nous, je ne vois pas ce qu'il y a d'insultant à être prise pour ma petite amie !

Pendant qu'il se levait pour remettre en place une bûche qui menaçait de s'effondrer, Fabia s'efforça de se calmer.

Elle avait tort de s'emporter ainsi. Alex semblait parfois lire en elle comme à livre ouvert, et perdre ainsi ses moyens face à lui ne ferait qu'accentuer l'emprise qu'il avait sur elle. En aucun cas il ne devait deviner que sa première expérience amoureuse l'avait traumatisée au point de l'éloigner des hommes à tout jamais.

Alex était à présent en grande discussion avec George qui s'affairait derrière son bar et elle lui lança un regard à la dérobée, frappée comme toujours par le charme sensuel qui émanait de sa personne, par le charisme qu'il dégageait sans même s'en rendre compte. Pourquoi s'était-elle jetée ainsi dans la gueule du loup en le provoquant au gala de charité ? s'interrogea-t-elle. Et surtout, pourquoi avoir accepté de jouer le jeu dangereux auquel il l'avait conviée... Elle aurait dû trouver n'importe quel prétexte pour refuser au lieu de le laisser faire pression sur elle !

— Voici le thé, annonça-t-il en retournant vers elle, un plateau sur les bras.

Tel un maître d'hôtel stylé, il installa le plateau sur la table basse devant le feu et servit deux tasses.

— Je suis désolée, Alex, murmura Fabia en lui posant spontanément la main sur l'épaule. Je n'aurais pas dû m'énerver tout à l'heure. Je suis très susceptible en ce moment. La fatigue, probablement...

Il la dévisagea longuement, une étrange lueur dans son regard doré.

— Tu es vraiment étonnante, Fabia, étonnante ! murmura-t-il. Je n'ai jamais rencontré une femme qui admette spontanément qu'elle s'est trompée. J'aurais dû me méfier le jour où tu as surgi dans ma vie comme une tornade...

— Comme une tornade ?

Elle esquissa un sourire timide, en s'interrogeant sur la voix soudain infiniment douce d'Alex. Pourquoi avait-il parfois dans les yeux, l'espace d'un instant, cet éclair de tendresse si déstabilisant ? songea-t-elle, en plein désarroi. Elle le préférait mille fois dans son rôle de macho sûr de lui, car il était alors beaucoup plus facile à détester...

— Oui, comme une tornade ! confirma-t-il. On ne voyait que toi, et tu te détachais comme un diamant du reste de ces femmes aussi fades qu'élégantes qui abondent toujours dans ce genre de soirées...

Elle se figea dans son fauteuil. La conversation prenait décidément un tour beaucoup trop personnel, et les paroles d'Alex lui rappelaient cruellement les premiers mots que Robin avait prononcés en la voyant. « Vous êtes ravissante, mademoiselle, une fleur exotique au milieu d'un champ de pâquerettes... » avait-il déclaré lentement de sa voix grave, éblouissant aussitôt la naïve jeune fille qu'elle était alors.

— Que faut-il manger ici? demanda-t-elle en regardant la carte pour changer de sujet.

— George est un spécialiste de l'agneau, expliqua Alex. Son ragoût est célèbre dans toute la région. Il se procure des viandes d'excellente qualité chez son frère, boucher dans le hameau voisin.

— Tu es bien renseigné..., remarqua Fabia.

— J'ai grandi dans cette région, expliqua-t-il. C'est mon pays, en quelque sorte.

Elle parut étonnée, et il lui demanda pourquoi.

— J'ai de toi l'image d'un citadin, reconnut-elle, plus habitué aux restaurants cinq étoiles qu'à une simple auberge de campagne comme celle-ci, aux vernissages mondains qu'aux banquets de village, aux ...

Il l'interrompit d'un geste.

— Je vois que ton opinion sur moi est plus que caricaturale! Sache que je fréquente toutes sortes d'endroits, et pas seulement ceux où il est bon d'être vu! Si tu permets, je vais mettre les choses au point une bonne fois pour toutes : même si la presse me présente comme un playboy et un jet-setter, je ne suis rien de tout ça. Je fuis d'ordinaire les endroits à la mode, je déteste la faune qui gravite autour des manifestations prétendument branchées et je passe souvent une bien meilleure soirée, seul, à lire un bon livre qu'à supporter le cercle de courtisans qui entoure tout individu considéré comme riche! Je promène mes chiens, je prends mon café sur le zinc, et j'adore faire la cuisine! Tu ne me voyais pas sous ce jour-là, n'est-ce pas?

Elle allait répliquer, mais il l'arrêta d'un geste brusque.

— Tais-toi, Fabia, je t'en prie! intima-t-il. Je connais trop le genre d'arguments que tu vas m'opposer, pour les entendre à longueur d'année!

L'arrivée de George interrompit leur conversation. Après avoir pris leur commande, il s'éloigna de nouveau et le silence entre eux retomba, de plus en plus pesant.

Alex semblait toujours aussi contrarié ; quant à Fabia, elle rongeait son frein, furieuse qu'il l'ait remise à sa place avec autant d'agressivité. Sans s'en rendre compte, elle avait à l'évidence touché chez lui un point très sensible. Mais si ses reproches étaient en partie justifiés, il n'avait pas pour autant le droit de lui parler sur ce ton.

Quand George leur annonça que leur déjeuner les attendait, ils le suivirent aussitôt, heureux de cette diversion.

Comme l'avait annoncé Alex, le ragoût d'agneau était délicieux, mais Fabia ne le goûta que du bout des lèvres.

— Tu ne manges pas ? s'étonna-t-il. Est-ce la perspective de rencontrer ma grand-mère qui te coupe l'appétit ?

Dieu merci, il ne s'était pas rendu compte que c'était lui le responsable de son malaise, songea-t-elle, soulagée.

— Non, j'ai pris un petit déjeuner trop copieux, affirma-t-elle avec aplomb.

— Je suis sûr que quelque chose te préoccupe, insista-t-il, l'air soucieux. Tu penses à cet homme, cet homme dont tu ne veux pas parler mais qui, je le devine, t'a blessée, c'est ça ?

Comme elle restait silencieuse, il lui posa doucement la main sur le bras, et ce geste familier empreint de compassion la troubla infiniment.

— Je t'en prie, Alex...

— Je donnerais cher pour l'avoir en face de moi et lui dire ma façon de penser, marmonna-t-il alors avec une violence mal contenue.

Fabia leva les yeux, à la fois surprise et émue de sa réaction. Pourquoi s'enflammait-il ainsi ? Pourquoi éprouvait-il le besoin de la protéger, de la venger ? Jamais personne ne s'était soucié d'elle à ce point...

Cette fois encore, l'arrivée de George interrompit leur échange, au grand soulagement de la jeune femme. Ses rapports avec Alex ne devaient à aucun prix dépasser le cadre presque contractuel qui les définissaient. Elle ne devait pas se laisser émouvoir par l'intérêt qu'il semblait parfois lui porter, par cette douceur soudaine qu'elle surprenait de temps à autre dans son regard quand il l'observait, et qui rendait soudain son charme irrésistible. L'attirance physique qu'il exerçait sur elle, si elle était indéniable, n'était qu'un miroir aux alouettes, comme elle l'avait appris douloureusement avec Robin. Lui aussi était charmeur, séduisant, et elle avait eu la naïveté de s'imaginer qu'il s'intéressait vraiment à elle, alors qu'elle n'était pour lui qu'une proie facile à ajouter à son tableau de chasse.

Il était temps de reprendre la route. Après avoir remercié George de son accueil, Alex proposa de nouveau de porter Fabia jusqu'à la voiture et, cette fois-ci, elle ne protesta pas. Etait-ce la certitude que, de toute façon, il ne lui laisserait pas le choix de dire non, ou le désir inconscient de se serrer de nouveau contre lui, de respirer son parfum enivrant, de sentir ses bras puissants l'enlacer ? Elle ne connaissait pas la réponse à cette question et préférait d'ailleurs ne pas se la poser.

— Il y a une chose qu'il faut que je sache, murmura Alex d'une voix tendue juste avant de la poser à terre. Cet homme... cet homme qui t'a fait souffrir, il compte encore pour toi ?

— Mais... de quoi veux-tu parler ? bredouilla-t-elle maladroitement.

— Tu le sais très bien ! Il faut que tu me le dises. Ce n'est pas de la curiosité malsaine, mais...

Il s'interrompit, et elle lut sur son visage une expression douloureuse qui la troubla profondément. L'espace d'un instant, elle eut envie de le serrer contre elle pour le rassurer et souhaita ardemment qu'il l'embrasse. Mais elle n'esquissa pas le moindre mouvement, et il resta lui aussi immobile, chaque muscle de son corps tendu à l'extrême.

— Cet homme n'existe plus pour moi, expliqua-t-elle enfin d'une voix presque inaudible.

Il resta silencieux mais elle le sentit se décontracter soudain. Il lui ouvrit la portière sans un mot et, quand elle fut installée, alla chercher dans le coffre un plaid dont il lui couvrit les genoux.

— Tu seras mieux ainsi, dit-il simplement.

La tempête de neige s'était calmée. A travers les vitres de la voiture qui avançait doucement, Fabia admira le spectacle de la campagne recouverte d'une épaisse couche d'un blanc immaculé. Au loin, quelques collines boisées se détachaient sur le ciel gris. La nature semblait figée, immobile, et la jeune femme eut la sensation étrangement déstabilisante qu'ils étaient seuls au monde, isolés dans cette bulle de chaleur et de confort qu'était la Bentley.

— Nous sommes presque arrivés ! annonça Alex après quelques kilomètres...

Fabia jeta un coup d'œil étonné autour d'elle. Elle ne voyait rien d'autre que les champs et les bois.

— Mais nous sommes en rase campagne ! s'exclama-t-elle.

— Oui, dans quelques centaines de mètres nous allons tourner à droite, à l'entrée du parc, précisa Alex. Mais avant cela...

Il s'arrêta brusquement sur le bas-côté, éteignit le moteur et se pencha vers la jeune femme. Avant même qu'elle comprenne qu'il allait l'embrasser, il avait déjà pris ses lèvres.

Inconsciemment, elle espérait ce baiser depuis si longtemps qu'elle n'essaya même pas de protester. Eperdue, elle répondit aussitôt à la pression des lèvres d'Alex, de sa langue impudique, avec la même ardeur. Leur baiser se prolongea, de plus en plus précis, de plus en plus passionné ; les yeux fermés, Fabia ne songeait plus à rien d'autre qu'aux merveilleuses sensations que les lèvres d'Alex faisaient naître en elle. C'était comme si plus rien n'existait qu'eux deux, un homme et une femme isolés dans un paysage de neige et tenaillés par le même désir sauvage et primitif.

— Tu es merveilleuse, si douce, si femme..., murmura-t-il enfin d'une voix rauque en l'enlaçant de plus belle.

Il la caressait à présent de ses mains possessives, déposant une multitude de baisers affolants dans son cou. Puis, brusquement, comme s'il revenait tout à coup à la réalité, il s'écarta d'elle.

— Fabia..., murmura-t-il d'une voix grave, tout en la dévisageant d'un regard enfiévré.

Il se rassit à sa place, à la grande surprise de la jeune femme. Pourquoi mettait-il ainsi un terme à leur étreinte ? songea-t-elle, blessée et frustrée tout à la fois.

— Je suis désolé, reprit-il, mal à l'aise. Je voulais juste te souhaiter un bon Noël avant d'arriver, et je me suis laissé entraîner malgré moi. Mon... ardeur n'était pas préméditée, je te le jure, mais tu es trop attirante, Fabia !

Elle faillit lui avouer qu'elle ne regrettait rien, qu'elle attendait qu'il l'embrasse depuis leur départ mais, bien sûr, elle s'en garda bien.

— Joyeux Noël à toi aussi, dit-elle simplement en s'efforçant de maîtriser le tremblement de sa voix.

Ils se dévisagèrent en silence, puis, lentement, Alex tourna la clé de contact et le moteur vrombit.

Quelques minutes plus tard, la Bentley passait sous un grand porche de pierre et s'engageait dans une longue allée encadrée d'arbres centenaires. Au bout de cette allée, comme dans un conte de fées, Fabia, éblouie, aperçut une majestueuse demeure. Flanquée de deux ailes, rehaussée d'un immense perron et de balcons de fer forgé, le château — car il s'agissait bien d'un château — avait fière allure. Le souffle coupé, Fabia saisit tout à coup à quel point le monde dans lequel Alex avait été élevé et le sien étaient opposés. Tout les séparait, et elle ne devait jamais perdre de vue cette évidence, même s'il était assez bien élevé et curieux d'esprit pour faire semblant de s'intéresser à elle et à sa vie si ordinaire. En réalité, elle n'était qu'un bref épisode un peu exotique dans son existence de privilégié.

Brusquement, les dernières paroles de Robin quand elle l'avait surpris au lit avec sa maîtresse lui revinrent à l'esprit :

— Pauvre petite ! avait-il lancé d'un ton méprisant, la première surprise passée. Tu ne croyais tout de même pas que ça allait durer entre nous au-delà de quelques semaines ? Nous ne faisons pas partie du même monde, Dieu merci ! Sache que j'avais simplement besoin d'un peu de changement et de fraîcheur après toutes les riches héritières que je côtoie ! L'intermède est terminé, je me suis bien amusé, tu peux rentrer chez toi, à présent... Il y a peu de chances que nos chemins se croisent de nouveau !

Son visage était empreint d'une expression qu'elle n'oublierait jamais, où se mêlaient la frustration d'avoir été pris en flagrant délit de mensonge et la joie perverse que lui procurait le désarroi de Fabia. D'un geste rageur, il avait tiré les draps à lui, dévoilant ses maigres jambes presque glabres.

Pendant un temps qui lui avait paru infini, Fabia avait fixé ces mollets décharnés, ce visage dont la fureur accusait l'âge, et s'était demandé comment elle avait jamais pu tomber sous le charme de cet être vil.

— Je donnerais cher pour savoir à quoi tu penses..., murmura Alex en lui ouvrant la portière.

Elle le suivit jusqu'aux marches du perron.

— Ce serait de toute façon trop, j'en ai peur, répliqua-t-elle, énigmatique. Mes pensées ne valaient pas grand-chose.

Il s'arrêta devant l'immense porte en chêne sculpté et lui lança un regard inquisiteur.

— J'en doute fort, Fabia, protesta-t-il comme s'il se parlait à lui-même. Je n'ai jamais été aussi intrigué par une femme que par toi. Tu sembles avoir mille et une facettes, et chaque fois que je crois avoir percé à jour une partie du mystère, tu me surprends de nouveau. Tour à tour triste et joyeuse, provocatrice et songeuse, dangereuse et vulnérable, qui es-tu en réalité, Fabia ?

Elle baissa les yeux, mal à l'aise.

— Rien qu'une fille très ordinaire, déclara-t-elle d'une voix mal assurée. Tu te trompes en m'entourant d'une aura mystérieuse. Tu serais très déçu de savoir à quel point je n'ai rien d'exceptionnel...

— Non ! insista-t-il. Tu crois savoir qui tu es, mais tu ne le sais pas vraiment, j'en jurerais ! Derrière ce que tu montres à autrui, il y a quelqu'un d'autre, une femme dont tu ne connais peut-être pas toi-même l'existence, ajouta-t-il. Et je ne désespère pas de la découvrir, si tu m'y autorises...

Ils échangèrent un bref regard et Fabia ne put retenir un frisson d'appréhension.

La perspicacité d'Alex et son acharnement à mettre à nu sa véritable personnalité lui faisaient peur, songeat-elle, en plein désarroi. Pourquoi la poursuivait-il ainsi de cette curiosité envahissante, de cet incompréhensible intérêt ? Elle n'était et ne serait jamais rien pour lui, alors qu'il la laisse en paix !

L'espace d'un instant, au moment même où Alex s'apprêtait à frapper à l'aide du lourd battant de bronze pour annoncer leur arrivée, elle fut prise d'un accès de panique et se retint pour ne pas s'enfuir.

Elle n'aurait jamais dû venir, se reprocha-t-elle, affolée. Jamais ! Mais il était trop tard, à présent, pour s'en rendre compte.

5.

A peine étaient-ils entrés dans le vaste hall que deux énormes bergers allemands se précipitèrent vers Alex. Remuant la queue avec énergie, ils sautaient de joie et cherchaient les caresses de leur maître en ignorant Fabia avec un souverain mépris.

En plus des animaux, c'était un véritable comité d'accueil qui s'était réuni pour les saluer, découvrit la jeune femme, soudain intimidée. En effet, trois femmes et un homme, tous d'un certain âge, les attendaient, observant la scène avec attendrissement. Comme s'il devinait le malaise de Fabia, Alex mit rapidement un terme à ces effusions en faisant signe aux chiens de se calmer.

— Fabia, je te présente Mary, annonça-t-il en prenant familièrement la jeune femme par le bras. La meilleure gouvernante de toute la Cumbria, ajouta-t-il avec un sourire à la petite femme replette qui se rengorgea, ravie.

— Oh, monsieur Alex, vous n'êtes qu'un vilain flatteur ! protesta-t-elle en minaudant.

— Et voici Jenny, notre talentueuse cuisinière, et à son côté Christine, qui tient fidèlement compagnie à ma grand-mère depuis des années, continua Alex. Sans oublier John, bien sûr, sans lequel cette maison ne pourrait pas fonctionner. Je suis très heureux d'être de retour parmi vous et de vous présenter Fabia Grant, mon amie, ajouta-t-il en insistant imperceptiblement sur les deux derniers mots.

Mary, Jenny, Christine et John lancèrent aussitôt à la jeune femme un regard intéressé et Fabia leur sourit maladroitement, de plus en plus mal à l'aise. Jamais elle n'aurait pensé que jouer la comédie pouvait se révéler aussi pénible.

— Comment va ma grand-mère ? demanda alors Alex, l'air soucieux.

— Elle est ravie de votre séjour ici, répondit le majordome avec un sourire discret. Comme nous tous, cela va sans dire, ajouta-t-il avec un affectueux respect.

Fabia observait la scène en silence, étonnée de la qualité des rapports qui semblaient lier Alex et ses employés. S'il n'avait pas précisé leurs fonctions, elle aurait pu penser qu'il s'agissait de membres de la famille, tant on sentait entre eux une réelle connivence.

Elle se souvint tout à coup du mépris avec lequel Robin parlait des gens à son service, et du peu d'égards qu'il leur manifestait. Sur ce point, en tout cas, Alex ne lui ressemblait en rien, et c'était tant mieux !

— Merci, John. Je vous suis infiniment reconnaissant à tous de prendre soin de ma grand-mère comme vous le faites, déclara Alex. Allons la saluer à présent, Fabia...

Puis il l'entraîna à travers trois immenses salons en enfilade, dont Fabia admira les boiseries anciennes, les meubles somptueux, les tentures précieuses. Ce décor digne d'un musée la stupéfiait ; ses sentiments devaient se lire sur son visage car Alex s'arrêta soudain et la dévisagea en fronçant les sourcils.

— Pourquoi fais-tu cette tête ? demanda-t-il.

— C'est juste que... je n'imaginais pas que tu vivais dans un tel luxe, avoua-t-elle.

Il eut une moue contrariée.

— Pourquoi tomber soudain des nues ? s'exclama-t-il. Tu connaissais pourtant dès le départ ma situation ! C'est vrai, ce domaine magnifique appartient à ma famille depuis des générations et j'en ai hérité à mon tour. Parfois je le regrette, tant il est difficile à entretenir, mais nous y avons tant de souvenirs que je le conserverai aussi longtemps que possible. Quant au personnel, je crois que tu as pu comprendre que je ne le traite pas en despote, loin de là ! Les quatre personnes que tu viens de rencontrer sont ici depuis des années et font partie de la famille. John en particulier, car il est arrivé ici en même temps que ma grand-mère. Elle était alors une jeune mariée inexpérimentée, et lui apprenait son métier. C'était sa première grande maison... Inutile de te dire qu'ils forment presque un vieux couple à présent ! ajouta-t-il en riant.

Il s'arrêta soudain devant une porte et frappa.

— Entre ! cria une voix forte. Je t'attends !

Alex s'exécuta et Fabia, le cœur battant sous l'effet conjugué de la curiosité et de l'appréhension, pénétra à sa suite dans les appartements d'Isabelle Cade.

Alors qu'elle s'attendait à découvrir une imposante personne, elle aperçut une très vieille dame recroquevillée dans une bergère au coin du feu. La grand-mère d'Alex, étonnamment petite, semblait au premier abord fragile, mais en approchant Fabia nota son regard vif et déterminé, ses traits décidés, et comprit que l'âge n'avait pas amoindri sa personnalité.

— Enfin ! lança Isabelle Cade d'une voix courroucée. Que faisais-tu, Alex ? J'ai entendu ta voiture arriver il y a au moins une demi-heure ! Tu parlais de moi avec John, j'en suis sûre ! J'espère qu'il t'a dit que j'étais en pleine forme ! Il s'inquiète dès que j'ai le moindre bobo...

— Je t'ai amené une amie, annonça Alex en s'avançant vers sa grand-mère, le bras autour de la taille de Fabia.

Celle-ci se figea, malgré elle, tant ce geste lui paraissait intime, mais se raisonna bien vite. S'ils voulaient être crédibles en tant que fiancés, il leur faudrait en passer par ce genre de manifestations de tendresse.

— Je le vois bien, Alex, je ne suis pas encore sénile ! protesta Isabelle. Approchez, ma chère !

Fabia sentit une boule se nouer dans sa gorge, comme si elle allait subir un examen de passage.

— Je te présente Fabia, Fabia Grant, dit Alex sans lâcher la jeune femme. Elle nous fait la joie de passer Noël avec nous, comme je te l'ai annoncé.

Isabelle Cade lança un regard circonspect à son petit-fils, avant de dévisager Fabia avec une méfiance presque palpable.

— Bonjour, mademoiselle, déclara-t-elle d'un ton coupant. Vous avez un métier?

Fabia dissimula sa surprise. La grand-mère d'Alex avait une façon pour le moins directe de communiquer, mais elle appréciait cette franchise.

— Oui, je travaille dans la publicité, répondit-elle.

— Est-ce un véritable travail, ou juste un passe-temps que votre père vous a trouvé en attendant que vous dénichiez un beau parti? ajouta Isabelle Cade sans se départir de son air soupçonneux.

Alex voulut répondre, mais Fabia l'en empêcha d'un geste. Mme Cade avait une forte personnalité, certes, mais elle se sentait capable de lui répondre seule.

— C'est un vrai travail, que j'ai trouvé sans l'aide de personne, et je mène ma carrière seule, affirma-t-elle avec calme.

— Belle comme vous êtes? s'étonna Isabelle Cade avec ironie. Je parierais que beaucoup d'hommes autour de vous ne demanderaient qu'à vous aider pour pouvoir en échange bénéficier de vos faveurs!

Fabia sourit.

— Certains ont essayé, c'est vrai, mais je préfère faire mes preuves par mes compétences professionnelles plutôt que par... d'autres talents, précisa-t-elle sans se laisser démonter.

Les traits d'Isabelle Cade se détendirent soudain, et un sourire amusé éclaira son visage.

— Vous me plaisez, Fabia, j'aime votre franc-parler. Je peux vous appeler Fabia, n'est-ce pas? Pour tout vous dire, ajouta-t-elle, brusquement détendue, je craignais qu'Alex ne m'amène une de ces pauvres petites filles riches et désœuvrées qu'on rencontre malheureusement trop souvent dans nos milieux, et je suis heureuse de constater que vous ne faites pas partie du lot. Ne prends pas cet air réprobateur, Alex, tu sais que je dis toujours ce que je pense ! ajouta-t-elle en fustigeant son petit-fils du regard.

— Je le sais en effet, confirma-t-il avec un sourire. C'est parfois un peu gênant, mais c'est ce qui me plaît en toi !

Comme si elle n'avait rien entendu, Isabelle se tourna de nouveau vers Fabia et lui lança un coup d'œil incisif, comme si elle cherchait à la jauger.

— Vous aimez mon petit-fils, Fabia ? demanda-t-elle.

Cette fois, Alex sembla courroucé.

— Isabelle, tu exagères ! s'exclama-t-il, furieux.

Ravie de sa sortie, Isabelle éclata d'un petit rire perlé.

— Il m'appelle toujours ainsi quand il est mécontent, expliqua-t-elle à Fabia avec un clin d'œil complice. Très bien, je change de sujet... Vous n'avez pas trop chaud, Fabia ? demanda-t-elle.

Il régnait en effet dans la pièce une chaleur éprouvante. Comme toutes les personnes âgées, Isabelle Cade devait souffrir du froid..., songea Fabia.

— Il fait glacial dehors, répondit-elle sans lui avouer qu'elle supportait mal une telle température.

— Vous avez du tact, nota Isabelle avec satisfaction. Quand j'avais votre âge, je détestais moi aussi les pièces surchauffées, mais à présent c'est tout le contraire. Vieillir n'est pas très drôle, vous savez, ajouta-t-elle avec une moue soudain amère. Bien, je me sens fatiguée, mes enfants, et j'ai besoin de prendre un peu de repos, ajouta-t-elle sans transition. Nous nous retrouverons pour le dîner...

— A tout à l'heure, dit Alex.

— Elle est toujours aussi... tonique ? demanda Fabia à Alex dès qu'ils furent dans le couloir.

— Toujours, confirma-t-il en souriant. Viens, je vais te montrer le fumoir, où John va nous servir le thé, ajouta-t-il.

Dans la petite pièce chaleureuse aux murs tendus de soie grège, les deux chiens quittèrent le tapis pour les accueillir en remuant la queue.

— Je ne t'ai même pas présenté Minor et Major! remarqua Alex en faisant signe à Fabia de s'installer dans un des confortables fauteuils de cuir qui entouraient la cheminée. Le père et le fils, précisa-t-il, aussi mauvais chiens de garde que fidèles compagnons. Je ne sais pas dresser les chiens de façon à les rendre méchants, ajouta-t-il.

Il se tourna vers Fabia et un sourire presque tendre donna soudain à son visage une troublante douceur, tandis que la fossette qui se creusait sur son menton accentuait encore son charme. Pourquoi était-il parfois si désarmant? songea-t-elle, troublée. Pourquoi se sentait-elle fondre quand il la regardait ainsi?

— En tout cas, ils sont impressionnants par leur taille, dit-elle pour dissiper le malaise qui s'était emparé d'elle. Et magnifiques...

— Les bergers allemands sont en effet de très beaux chiens, dit Alex en la fixant d'un regard insistant, comme s'il pensait à autre chose.

En effet, il changea brusquement de sujet et lança à Fabia un regard incisif.

— Tu lui as beaucoup plu, remarqua-t-il d'une voix soudain rauque, sans la quitter des yeux. J'étais sûr qu'elle t'adorerait, d'ailleurs. La première fois que je t'ai vue...

— La première fois que tu m'as vue, tu as passé la soirée à essayer de m'éviter! coupa-t-elle avec un petit rire nerveux pour dissiper l'étrange atmosphère qui s'était soudain instaurée entre eux. Tu as oublié?

— Non, je n'ai pas oublié, murmura-t-il si bas qu'elle l'entendit à peine. Je n'oublierai jamais cette soirée, ajouta-t-il en s'approchant de la jeune femme.

Elle retint son souffle, certaine, à la lueur trouble qui brillait dans ses yeux mordorés et aux accents sensuels de sa voix de basse, qu'il allait l'embrasser. Quand il la prit dans ses bras, ce fut comme s'il allumait un feu qui ne demandait qu'à s'embraser, comme s'il libérait en elle des forces dont elle ne soupçonnait même pas l'existence mais qui se déchaînèrent tout à coup, impétueuses et incontrôlables.

Bientôt, plus rien ne compta pour Fabia que la bouche exigeante d'Alex sur la sienne, ses mains possessives qui la pressaient contre lui et ne lui laissaient plus aucun doute sur la réalité de son désir. Elle oublia qu'elle était chez lui, dans la demeure familiale, et que John pouvait arriver avec le thé d'un moment à l'autre. Toute capacité de raisonner l'avait abandonnée : pour la première fois depuis des années, elle se laissa aller à ses pulsions, à cette voix intérieure qui lui enjoignait de ne plus se poser de questions, mais de profiter de l'instant.

— Tu es si belle, Fabia, si belle..., murmura Alex entre deux baisers.

Sa voix était si douce, ses caresses si tendres qu'elle vibra d'un élan soudain, d'un fol espoir. Peut-être, un jour, pourrait-elle le croire, lui faire confiance comme elle n'avait jamais fait confiance à un autre homme après Robin ? Peut-être se trompait-elle en pensant qu'aucun homme ne valait la peine d'être aimé, qu'ils avaient tous en eux quelque chose de Robin ? Chassé par les caresses et les baisers d'Alex, par les mots tendres qu'il lui glissait à l'oreille, le spectre de Robin s'éloigna peu à peu, et Fabia se prit à imaginer que, peut-être, un homme pourrait la rendre heureuse. Et s'il existait un tel homme sur terre, ce ne pouvait être qu'Alex.

— Monsieur Alexander ? Le thé est prêt !

Ils entendirent la voix de John en même temps que le discret coup frappé à la porte et se séparèrent à la hâte.

— Un instant, John, s'il vous plaît ! lança Alex.

Avant de lui ouvrir, il remit sa cravate en place et se

passa la main dans les cheveux, tandis que Fabia se rajustait avec des gestes que la nervosité rendait malhabiles. Comme toujours, il semblait parfaitement maître de lui, alors qu'elle était en proie à une terrible émotion. Ses joues la brûlaient, son cœur battait la chamade, et elle avait du mal à respirer, tant l'intensité de cette étreinte l'avait bouleversée.

Le cœur battant, Fabia tentait en vain de recouvrer ses esprits, étourdie par les mille questions qui se bousculaient dans sa tête. Comment, en quelques semaines, Alex avait-il peu à peu réussi à fragiliser les barrières qu'elle avait si soigneusement érigées autour d'elle? Comment avait-elle pu oublier toutes ses bonnes résolutions au point de répondre avec la même ardeur à ses baisers? Elle ne se reconnaissait plus...

Après leur avoir servi le thé, John resta un moment dans la pièce, visiblement ravi de bavarder avec le maître des lieux, et quand il prit enfin congé ce fut Mary qui entra pour soumettre à Alex un problème d'intendance. Alex et Fabia n'eurent donc pas l'occasion de parler seul à seule, au grand soulagement de la jeune femme. Qu'aurait-elle pu lui dire, en dehors du fait qu'elle était à la fois affolée et éblouie par l'intensité du moment qu'ils venaient de partager?

— Je vais montrer sa chambre à mademoiselle Fabia, déclara soudain Mary. Elle souhaite certainement s'installer avant le dîner.

— Ne vous dérangez pas, Mary, je m'en charge, proposa Alex. Tu viens, Fabia?

La jeune femme le suivit docilement, avec le sentiment étrange de flotter sur un petit nuage. Elle avait peine à analyser ce qu'elle ressentait, mais elle comprenait confusément qu'entre elle et Alex rien ne serait vraiment plus comme avant, sans savoir si elle devait le déplorer ou s'en réjouir.

Il l'entraîna dans des escaliers et de longs couloirs.

— Je suis complètement perdue, avoua-t-elle au

moment où, enfin, il s'arrêtait devant une porte. Et je suis sûre que, si je criais pour appeler au secours, personne ne m'entendrait dans cette immense demeure...

La main sur la poignée, Alex se retourna tout à coup et la dévisagea avec un sérieux qui prit Fabia au dépourvu.

— Tu pourrais être à l'autre bout du monde que j'entendrais ton appel, Fabia, déclara-t-il d'une voix grave.

Son expression était si solennelle, son regard si tendre que, quand il s'approcha pour la prendre dans ses bras, elle recula d'un pas, affolée du tumulte qu'il provoquait en elle. Il s'arrêta immédiatement.

— Excuse-moi, Fabia. Je ne voulais pas te faire peur. Je voulais juste te faire comprendre que...

Il s'interrompit tout à coup et son regard et ses traits se firent durs.

— Je te retrouve à 8 heures dans le salon, pour le dîner, ajouta-t-il avant de s'éclipser à la hâte.

Restée seule, Fabia tomba plus qu'elle ne s'assit sur un des fauteuils disposés dans la pièce, et jeta un regard autour d'elle. La chambre, ravissante, avait un luxe à la fois discret et raffiné qui la séduisit immédiatement. Tout, depuis les magnifiques tentures, reproductions de tissus d'époque qui avaient dû coûter une petite fortune, jusqu'aux meubles dignes de figurer dans des musées, lui rappelait si besoin était que le monde d'Alex n'était pas et ne serait jamais le sien.

Cédant au profond désarroi qui l'accablait, elle se prit la tête dans les mains et resta un long moment prostrée.

— Tu es folle, complètement folle ! se reprocha-t-elle. Ouvre les yeux ! Pourquoi un homme qui vit dans un tel luxe s'intéresserait-il à une fille aussi anodine que toi ? Tu n'as rien à faire avec lui... Il faut lutter contre la folle attirance que tu éprouves pour lui !

L'heure du dîner approchait et Fabia se résolut enfin à réagir. Dans la magnifique salle de bains, elle prit une longue douche et le jet puissant la détendit. Puis, enveloppée d'un peignoir moelleux qu'on avait mis à sa disposition, elle se dirigea vers le placard où elle avait rangé ses vêtements pour y choisir une robe appropriée à ce premier dîner. En passant devant la haute fenêtre, elle remarqua deux silhouettes dans la cour et un réflexe de curiosité la fit s'arrêter.

Avec un pincement au cœur, elle reconnut alors Alex qui tenait familièrement par le bras une ravissante jeune femme brune. Elle ne pouvait pas distinguer son visage car il lui tournait le dos, mais elle voyait en revanche parfaitement celui de l'inconnue. Ses traits fins et gracieux exprimaient une émotion intense, et elle semblait dévorer Alex de son beau regard clair. Soudain, Fabia reconnut cette femme : elle l'avait déjà rencontrée au gala de charité, où elle s'était clairement comportée comme sa petite amie. Non seulement Alex la voyait toujours, mais il l'invitait chez lui en même temps qu'elle ! comprit-elle, choquée.

Comment avait-il pu l'embrasser, elle, avec tant d'ardeur alors qu'il avait rendez-vous peu après avec sa petite amie ? s'interrogea-t-elle, anéantie. Comment avait-elle été assez sotte pour s'imaginer qu'elle comptait peut-être un peu pour lui ?

La cruelle leçon que lui avait donnée Robin n'avait donc pas servi ? En tout cas, elle avait la preuve à présent du double jeu d'Alex... Il ne valait pas mieux que les autres, malgré ce qu'elle avait pu penser dans un moment d'égarement !

Cachée derrière le rideau de soie damassée, elle le vit raccompagner la belle inconnue jusqu'à sa voiture, une imposante Range Rover, et nota les larmes aux yeux qu'il la tenait toujours tendrement par le bras. Lorsqu'elle fut installée au volant, elle ouvrit la vitre et il se pencha vers elle. D'un geste lascif qui serra le cœur de Fabia, la femme prit Alex par le cou, l'attira à elle et lui tendit ses lèvres entrouvertes.

Un terrible sentiment d'amertume et de rage submergea Fabia. Aveuglée par le charme d'Alex, elle avait naïvement cru que quelque chose était possible entre eux, et cette scène affreuse la ramenait brutalement à la réalité.

La Range Rover s'éloigna, Alex disparut à l'intérieur de la maison, et Fabia resta quelques instants à la fenêtre. Sa première réaction de colère et d'hostilité envers Alex était passée : le temps de la réflexion était venu...

Elle comprit tout d'abord qu'elle n'avait rien à lui reprocher : il avait toujours été clair avec elle en lui demandant un simple service, rien de plus, rien de moins. Alors pourquoi avait-elle été s'imaginer des choses qui n'existaient pas, pourquoi n'avait-elle pas gardé ses distances avec lui comme elle l'avait fait jusque-là avec tous les hommes depuis Robin ? Elle payait cher cet écart et, pire encore, ne pouvait s'en prendre qu'à elle-même...

Alex faisait à l'évidence partie de ces hommes pour lesquels une petite aventure est toujours bienvenue, et il avait tenté sa chance avec elle. Jusque-là, rien que de très normal. Alors pourquoi n'avait-elle pas compris qu'il ne s'agissait pour lui que d'assouvir un désir passager ? Pourquoi avait-elle été bouleversée par leurs étreintes au-delà même de ce qu'elle aurait jamais pu imaginer ?

Elle ne se laisserait plus stupidement aller ainsi, se jura-t-elle en ouvrant la porte de son placard. Désormais, elle serait ferme et distante avec Alex, et il en serait pour ses frais ! Peu de femmes devaient se refuser au riche et séduisant Alex Cade, mais elle serait de celles-là !

Quand elle descendit le grand escalier une demi-heure plus tard, elle jeta un coup d'œil aux immenses glaces qui décoraient les couloirs. Par dépit ou par provocation, elle n'aurait su le dire, elle avait fait un effort de toilette particulier, et le résultat lui donnait toute satisfaction. Sa robe du soir de soie noire soulignait sa silhouette de mannequin, son chignon bas dégageait son long cou, et elle songea avec une joie mauvaise qu'Alex serait déçu s'il pensait qu'elle s'était habillée pour lui...

Sa détermination devait se lire sur son visage, car

quand ce dernier la rejoignit dans le hall, il lui jeta un regard étonné.

— Que se passe-t-il ? demanda-t-il.

— Rien du tout ! répondit-elle aussitôt en affectant un ton dégagé.

— Si. Tu es soucieuse. Tu n'avais pas cet air étrange quand je t'ai quittée.

« En effet, admit-elle en son for intérieur. Mais je ne t'avais pas encore vu en train de conter fleurette à ta petite amie ! »

— Tout va bien ! assura-t-elle. Je ne t'ai pas entendu venir et tu m'as fait peur, rien de plus...

Il lui lança un regard soupçonneux.

— Alors je me demande quel air tu as quand tu es en colère, murmura-t-il en se parlant à lui-même. En tout cas, tu es ravissante ce soir, vraiment ravissante...

Elle tint à mettre aussitôt les choses au point.

— Je me suis engagée à jouer un certain rôle, et porter cette robe faisait partie de la petite comédie qui m'amène ici, expliqua-t-elle sèchement. Tu m'as expliqué qu'il fallait que je plaise à ta grand-mère, et je m'y emploierai.

Sourcils froncés, Alex dévisagea Fabia avec incrédulité.

— Si je comprends bien le sens de tes paroles, pour toi tout ça n'est qu'un contrat ? Et la petite scène dans le fumoir, c'était quoi, exactement ? ajouta-t-il, lapidaire. Elle n'avait donc aucun sens ?

— Aucun, répliqua-t-elle, l'estomac noué.

Il y eut un silence.

— Voyons, Fabia, cette attitude est absurde ! s'exclama-t-il. Je sais que tu as envie de moi autant que moi de toi, alors pourquoi le nier ? Il ne s'agit pas d'une comédie, bon sang ! Ton corps tout entier me le disait !

— Mon corps est une chose, mon esprit une autre, assena-t-elle la gorge serrée, et quelques baisers ne portent pas à conséquence. Ce n'est certainement pas moi qui t'apprendrai cela !

Ils se défièrent du regard, et Fabia eut bien du mal à retenir ses larmes.

— Comme tu voudras, Fabia, dit enfin Alex d'une voix sourde. Tu es venue ici pour une raison précise, et tant que tu rempliras ton rôle, je n'aurai rien à te reprocher. Quant au reste...

Il s'interrompit et prit une profonde inspiration.

— Sache que je n'ai jamais eu besoin de m'imposer pour obtenir les faveurs d'une femme, et que je ne commencerai pas avec toi, expliqua-t-il froidement. Je me suis apparemment trompé sur... l'enthousiasme que tu as manifesté dans mes bras tout à l'heure. Tu avais dû pousser la conscience professionnelle un peu loin, c'est tout... Quoi qu'il en soit, je veux être certain que tu tiendras tes engagements vis-à-vis de ma grand-mère. Est-ce clair ?

— Parfaitement clair, confirma Fabia, le visage hostile.

Alex l'observa longuement d'un air intrigué et le silence entre eux devint plus pesant.

— Peut-être, ma chère Fabia, suggéra-t-il enfin avec ironie, serait-il temps d'être raisonnable et de te débarrasser de toutes les idées préconçues que tu sembles avoir à mon sujet. Je ne suis ni un satyre, ni un violeur potentiel ! Si tu voulais seulement faire l'effort de me comprendre un peu, et nous donner à tous les deux une chance de nous connaître, ton séjour ici n'en serait que plus agréable...

Alex semblait sincère, et son discours sonnait juste : Fabia, en plein désarroi, faillit céder. Mais ce moment de faiblesse ne dura qu'un instant. Elle s'était fixé une ligne de conduite et n'en dévierait pas.

— Je suis ici pour une raison précise, et pour cette raison uniquement, assena-t-elle d'un ton glacial.

— Très bien, Fabia, fais comme tu l'entends, rétorqua-t-il, désabusé. Cependant, à mon humble avis, la tactique qui consiste à s'isoler dans une tour d'ivoire et à mépriser les hommes n'est pas la bonne, et tu risques de le payer très cher un jour ou l'autre. Mais ce n'est pas à moi d'essayer de te dissuader, n'est-ce pas ?

Il n'attendit pas sa réponse et lui fit signe de le précéder dans la salle à manger.

Isabelle était déjà là, assise à un bout de l'immense table, petite silhouette tassée sur sa chaise, et Fabia éprouva pour la vieille dame une intense compassion.

— Vous êtes très élégante, remarqua-t-elle de sa voix forte qui contrastait tant avec sa fragilité. Asseyez-vous ! Je suis si heureuse d'avoir des jeunes autour de moi ! Ici, d'ordinaire, c'est une véritable maison de retraite ! N'est-ce pas, John ?

Imperturbable, le majordome asquiesça de la tête tout en servant le vin.

— Certainement, madame...

— John pense que je suis une vieille dame indigne ! s'exclama-t-elle en riant. N'est-ce pas, John ?

— Aucunement, madame, répondit John.

Fabia leva les yeux et surprit dans le regard de John une lueur de complicité : John et Isabelle semblaient se comprendre à demi-mot, comme deux vieux amis qu'ils étaient, et cela bien au-delà des différences sociales.

— Depuis combien de temps connaissez-vous mon petit-fils, Fabia ? demanda Isabelle.

— Quelques semaines, précisa-t-elle. Nous nous sommes rencontrés à un gala de charité où j'accompagnais une amie. On lui avait donné deux invitations, et je me suis laissé convaincre. Je n'avais jamais assisté à ce genre de soirées.

— Ah, encore un de ces galas ! soupira Isabelle. Alex travaille comme un fou, et au lieu de se reposer il consacre son peu de temps libre à faire du bénévolat. Il prétend que donner de l'argent ne suffit pas et qu'il doit aussi payer de sa personne. Qu'en pensez-vous, Fabia ?

La jeune femme resta muette de surprise. Ainsi, non seulement Alex travaillait dur, mais il offrait son argent, et encore mieux son temps, pour soulager la misère d'autrui ? Décidément, elle avait sur lui des idées toutes faites qui n'étaient pas forcément vraies...

Alex changea de sujet et le repas se déroula dans une atmosphère agréable. Spirituelle et cultivée, Isabelle Cade maîtrisait parfaitement l'art de la conversation, et Fabia la trouvait de plus en plus intéressante. Cependant, la présence d'Alex la perturbait et, en raison de ce qui venait de se passer entre eux, elle avait le plus grand mal à jouer le rôle de la jeune amoureuse. Fidèle à son plan, Alex avait quant à lui pour Fabia des attentions charmantes, veillant à ce qu'elle ne manque de rien, lui prenant la main sous un prétexte ou un autre, accentuant ainsi son malaise.

Mais comme Isabelle ne les quittait pas des yeux, Fabia tenta de dissimuler son trouble en priant pour que cette femme intelligente et sensible ne devine pas qu'il ne s'agissait là que d'une sinistre comédie...

Puis la grand-mère d'Alex posa de multiples questions à Fabia et l'écouta avec intérêt parler de son enfance, de son métier, avant de raconter à son tour sa jeunesse. Née dans une modeste famille du sud de l'Italie, elle avait rencontré son futur mari à dix-huit ans, et entre eux le coup de foudre avait été immédiat.

— Il ne parlait pas un mot d'italien, et moi pas un mot d'anglais, mais nous communiquions parfaitement. Vous voyez ce que je veux dire ?

Fabia lui répondit par un sourire, émue à l'idée que cette si vieille dame avait été une jeune fille désirable.

— Quand Henry a annoncé à nos parents qu'il voulait m'épouser, ils ont été horrifiés. J'étais très jeune, catholique, de milieu modeste, il avait douze ans de plus que moi, était anglican et richissime. De peur que nous ne commettions l'irréparable, mes parents m'ont confiée à un prêtre chargé de me surveiller jour et nuit. Et ce qui devait arriver arriva...

— C'est-à-dire ? demanda Fabia.

Isabelle soupira.

— Je suis un peu fatiguée, c'est Alexander qui va finir

l'histoire pour moi. Il la connaît par cœur... Tu veux bien, Alexander?

— Comme il te plaira, grand-mère, dit Alex. Où en étions-nous? Ah, oui, tu étais enfermée au couvent! Naturellement, ceci ne découragea pas mon grand-père, qui enleva purement et simplement ma grand-mère au beau milieu de la nuit, comme dans un roman de cape et d'épée. Au début, les familles crièrent au scandale, mais la naissance rapide de mon père apaisa les esprits. De toute façon, rien n'aurait pu arrêter mon grand-père dans sa volonté de faire d'Isabelle sa femme. Il y a une légende qui court sur les hommes de notre famille, ajouta Alex d'une voix soudain chargée d'émotion.

— Une légende? dit Fabia.

Il fixa alors la jeune femme avec une telle intensité qu'elle ne put réprimer un frisson.

— On dit que, dans notre famille, les hommes n'aiment qu'une seule fois, et que c'est pour l'éternité. C'est une belle légende, n'est-ce pas? ajouta-t-il, une étrange lueur dans son regard doré.

— Très belle, murmura Fabia, le cœur battant la chamade.

Pourquoi la dévisageait-il avec une telle insistance? songeait-elle, en plein désarroi. Cherchait-il à la provoquer, à la déstabiliser, à la tester? Il était en tout cas évident qu'Alex n'était pas le genre d'homme à perpétuer la tradition familiale...

A 10 heures, Isabelle prit congé et alla se coucher; Fabia l'imita quelques minutes plus tard, tant la perspective de rester en tête à tête avec Alex lui était pénible. Quand elle lui souhaita bonne nuit, il lui répondit d'un signe de tête, une expression énigmatique sur ses traits virils, et elle eut le plus grand mal à traverser le grand salon tant elle sentait son regard brûlant posé sur elle.

Une fois dans sa chambre, elle se jeta sur son lit et, pour la première fois depuis des années, se mit à pleurer sans comprendre pourquoi.

Peu à peu cependant elle reprit le contrôle d'elle-même et parvint à maîtriser ses sanglots.

« Je suis simplement fatiguée, fatiguée et énervée, se dit-elle pour se rassurer. Demain, tout ira mieux... »

Déterminée à chasser les rêves et les espoirs qu'elle croyait avoir enfouis au fond de son cœur voilà des années et qu'Alex avait fait resurgir insidieusement, elle parvint à se convaincre qu'elle était heureuse, et que les rêveries romantiques auxquelles elle s'était laissée aller par la faute d'Alex n'étaient qu'enfantillages.

6.

— Il est magnifique ! s'exclama Fabia devant l'immense arbre de Noël qui trônait dans le salon. Et cette décoration toute en bleu et argent, c'est ravissant !

— Chaque année, j'achète un grand sapin pour ma grand-mère, expliqua Alex. Elle y tient beaucoup. Quand elle était enfant, en Italie, les gens n'étaient pas assez riches pour avoir chacun le leur, et on installait un arbre sur la place du village pour tous les habitants. Chaque famille participait ensuite à sa décoration.

— Mais pour qui sont tous ces cadeaux ? s'étonna Fabia en désignant l'amas de paquets déposés au pied du sapin.

— Pour les enfants de l'orphelinat local, précisa Alex. Isabelle prétend que, comme il était d'usage autrefois chez elle, chaque enfant, même le plus pauvre, doit recevoir un cadeau de Noël, et elle a toujours souhaité perpétuer cette tradition. C'est une charmante coutume, tu ne trouves pas ?

Fabia lui lança un regard à la dérobée, étonnée par la soudaine douceur qui marquait ses traits. Comment Alex pouvait-il être si cynique et, par moments, si désarmant de tendresse ?

Cette question resterait probablement sans réponse, comme toutes les questions qu'elle se posait à son sujet, se dit-elle avec une douloureuse amertume. Elle avait réfléchi à la situation une bonne partie de la nuit, incapable de trouver le sommeil, et en était arrivée à la conclusion que, pendant la semaine qui allait suivre, elle se contenterait de prendre les choses comme elles viendraient, sans chercher à comprendre qui était réellement Alex et quelles étaient ses motivations profondes. Ce baiser qu'ils avaient échangé, leurs étreintes passionnées ne représentaient rien d'autre pour lui que l'assouvissement d'un désir ponctuel. Si elle avait eu la sottise de croire un instant qu'il pouvait y avoir entre eux quelque chose de plus profond, la scène qu'elle avait surprise par hasard de sa fenêtre lui avait heureusement ouvert les yeux.

En fin de matinée commença le défilé des visiteurs, voisins et amis venus souhaiter un joyeux Noël à Isabelle et Alexander.

Ce dernier joua parfaitement son rôle de maître de maison : il eut un mot aimable pour chacun, demanda des nouvelles des uns et des autres, et sembla par ailleurs prendre un malin plaisir à prodiguer à Fabia des marques de tendresse ostentatoires. Il la tenait par la main, déposait de temps à autre un baiser sur son front ou ses lèvres, et l'enlaçait familièrement par la taille, la mettant au supplice.

— Tu n'as peut-être pas besoin d'en faire autant, lui glissa-t-elle enfin à l'oreille, en dissimulant son trouble avec peine.

— Mais j'aime ça ! chuchota Alex en la serrant contre lui de plus belle.

Troublée, elle huma l'odeur enivrante de son eau de toilette mêlée à celle de sa peau virile et sentit une vague de chaleur l'envahir. Comme il eût été bon de se lover contre lui, de sentir de nouveau son corps musclé pressé contre le sien, de s'abandonner à ses caresses ! songea-t-elle, éperdue. Mais, par bonheur, ce moment d'égarement ne dura pas...

— Pas moi, rétorqua-t-elle en s'efforçant de prendre un ton ferme. Je suis censée être ta petite amie, pas ta...

— Mais justement, j'embrasse mes petites amies, ma

chère! protesta Alex d'un ton narquois. Ne me dis pas que tes petits amis ne t'embrassent pas!

— Je n'ai pas de petits amis, répondit Fabia sans réfléchir.

Alex lui adressa un regard incisif.

— Tu veux dire que...? demanda-t-il, une étrange lueur dans ses yeux dorés.

— Je ne veux rien dire du tout! rétorqua-t-elle en se reprochant d'avoir parlé sans réfléchir.

Alex n'avait pas à savoir que sa vie était un désert sentimental, car il risquait alors de trouver encore plus amusant de tenter de la séduire.

Les derniers visiteurs partirent enfin et, comme elle suivait Alex dans le hall, Fabia s'arrêta brusquement.

— Alex, c'est horrible, je viens de me rendre compte que je n'ai pas apporté de cadeaux! s'exclama-t-elle. J'aurais dû prévoir quelque chose pour ta grand-mère!

— Si cela peut te tranquilliser, les magasins sont ouverts toute la journée, je t'emmènerai en ville tout à l'heure, proposa Alex.

— Tu n'y penses pas! Tu auras certainement d'autres visites, je prendrai un taxi...

— J'insiste pour t'accompagner, déclara-t-il avec fermeté.

— Non, je n'y tiens pas, vraiment! Je préfère prendre un taxi!

Un éclat minéral brilla soudain dans le regard d'Alex, et Fabia comprit qu'elle était allée trop loin.

— Je sais que ma compagnie t'est pénible, Fabia, lança-t-il d'un ton sec, mais là, tu exagères! Te suis-je donc si insupportable que l'idée de passer quelques heures en tête à tête avec moi te rebute à ce point? Pourquoi prends-tu plaisir à me pousser à bout ainsi? Je te conduirai en ville, que tu le veuilles ou non! conclut-il d'un ton qui n'admettait pas de réplique.

Puis, sans même attendre sa réponse, il la planta là et disparut dans le fumoir, la laissant seule dans le grand hall désert. Furieuse, Fabia resta un moment paralysée par la rage, puis monta quatre à quatre les marches de l'escalier pour se réfugier dans sa chambre.

Alex était insupportable ! songea-t-elle, hors d'elle. Comment osait-il lui parler sur ce ton et lui dicter sa conduite alors qu'il n'avait aucun droit sur elle ? Si elle avait eu un peu de repartie, elle lui aurait demandé perfidement qui était la ravissante brune à la Range Rover à laquelle il semblait tant s'intéresser, regretta-t-elle, avant de se dire avec amertume que cette question ne l'aurait pas gêné le moins du monde...

Quand ils quittèrent le domaine après le déjeuner, l'air était pur et un froid sec donnait à l'atmosphère une extraordinaire transparence. Le spectacle du parc sous la neige était si beau que Fabia retrouva le sourire et décida d'oublier ses griefs contre Alex.

Au moment de lui ouvrir galamment la portière comme il le faisait toujours, celui-ci s'immobilisa, la main sur la poignée, et regarda Fabia avec une étrange fixité.

— Que tu es belle, Fabia, avec le soleil dans tes cheveux blonds et tes joues rosies par le froid ! s'exclama-t-il comme s'il se parlait à lui-même. On dirait la déesse de l'hiver...

Ils se dévisagèrent pendant de longues minutes, et il sembla à Fabia que le temps s'arrêtait, qu'ils communiquaient par ce simple regard mieux qu'avec des mots. Puis le charme se rompit, la magie de ce moment privilégié s'évanouit, et la jeune femme sentit un grand vide l'envahir.

Dans la voiture, ils ne parlèrent pas. Alex semblait de nouveau tendu, inaccessible, presque hostile, songea Fabia, désemparée, en essayant de se ramener à la raison. Ce moment éphémère où elle avait cru Alex soudain si proche d'elle était un leurre : il n'attendait rien d'elle, sinon qu'elle remplisse le contrat pour lequel il l'avait sollicitée. Il n'était rien d'autre que son très temporaire employeur et elle se berçait d'illusions en croyant parfois déceler chez lui un éclair de tendresse, de douceur. Tout cela faisait partie du jeu, rien de plus...

Cependant les mêmes questions lancinantes la taraudaient : qui était la petite amie d'Alex, la jolie brune à la Range Rover ? Combien de femmes avait-il séduites, et qui courtisait-il en ce moment ? Comment réagirait-il quand il comprendrait qu'il n'arriverait pas à ses fins avec elle ? Et pourquoi continuait-elle à éprouver une telle attirance pour lui, alors qu'elle savait désormais à quoi s'en tenir sur son compte ? En plein désarroi, elle jeta un regard à la dérobée sur son profil altier, ses mains fortes et élégantes à la fois posées sur le volant, et, avec un serrement au cœur, se remémora la douceur de leurs caresses sur sa peau.

— Tu veux que je vienne avec toi ?

Fabia sursauta. Perdue dans ses pensées, elle ne s'était même pas aperçue qu'ils étaient arrivés en ville.

— Avec moi où ? demanda-t-elle.

— Dans les magasins, bien sûr !

Dans les rues commerçantes de la petite bourgade, une foule pressée déambulait, à la recherche des dernières idées de cadeaux.

— Il y aura du monde, et tu as certainement autre chose à faire, répondit-elle prudemment.

Il poussa un soupir exaspéré.

— Tu es vraiment impossible ! Je t'ai posé une question, réponds-moi par oui ou non au lieu d'esquiver !

Elle faillit refuser son offre, mais — par crainte de raviver sa mauvaise humeur ou par désir inavoué de profiter de sa compagnie ? — finit par accepter.

— Il y a tant de monde que je crains de me perdre, balbutia-t-elle maladroitement. Peut-être est-il préférable que tu viennes...

— Je me contenterai de cette réponse, même si elle est singulièrement dénuée d'enthousiasme, remarqua-t-il d'un ton désabusé. On ne peut pas dire que tu manifestes une grande joie à l'idée que je t'accompagne !

— Tu es suffisamment sûr de toi pour ne pas avoir besoin de reconnaissance, il me semble, rétorqua-t-elle.

Ils étaient sur le trottoir à présent et il s'approcha d'elle.

— Pourquoi dis-tu ça ? demanda-t-il d'un ton incisif.

Il se planta face à elle, remonta le col de son manteau pour la protéger du froid comme il l'aurait fait avec un enfant, et lui embrassa le bout du nez.

Ce geste de tendresse si inattendu bouleversa la jeune femme plus que ne l'aurait fait un baiser passionné. Le cœur battant, elle dévisagea Alex, paralysée par l'émotion, incapable de prononcer une parole.

— Pourquoi dis-tu ça ? répéta-t-il d'une voix sourde.

Sans la quitter des yeux, il lui effleura la joue de l'index avec une infinie douceur et lui déposa un baiser furtif sur les lèvres, accentuant encore son trouble.

— Ne fais pas ça, protesta-t-elle faiblement. Je te l'ai déjà dit.

— Tu m'as dit beaucoup de choses, mais je ne sais pas si je suis vraiment prêt à les écouter, rétorqua-t-il en lui lançant un sourire provocateur qui le rendit plus irrésistible que jamais.

Puis, poussant la porte d'une petite boutique, il suggéra, interrompant fort à propos ce tête-à-tête :

— Viens, rentrons ici, tu trouveras sûrement une idée de cadeau et les gens sont charmants...

Dès qu'ils furent entrés, un homme se pressa vers eux.

— Monsieur Cade, quelle joie de vous revoir chez nous ! s'exclama-t-il. J'espérais votre visite en cette période de Noël, et j'ai demandé qu'on libère votre place de parking devant le magasin au cas où vous auriez la bonne idée de nous rendre visite. Vous allez voir, nous avons beaucoup de nouveautés, et de très beaux articles... Je vous laisse regarder ?

Alex remercia le propriétaire du magasin, sous l'œil stupéfait de Fabia.

— C'est incroyable ! s'exclama-t-elle dès qu'il fut reparti vers d'autres clients. Il te garde une place de parking ! Tu es vraiment le roi, ici, ajouta-t-elle d'un ton sarcastique.

— Tu ne vas pas faire de nouveau mon procès, j'espère ! Je n'ai rien d'un despote, il se trouve simplement que je possède un certain nombre d'immeubles dans le quartier, dont celui-ci. Ce n'est pas un crime, que je sache ? Pourquoi as-tu une si mauvaise opinion de moi ? Pourquoi refuses-tu de me considérer comme une personne et d'oublier pour une fois tes préjugés ?

Il s'approcha d'elle et la prit par le bras.

— D'ailleurs je connais en partie la réponse, Fabia, ajouta-t-il d'une voix ferme. En réalité, tu as peur. Tu as peur que je puisse franchir un jour les barrières que tu as si soigneusement érigées autour de toi, tu te rends compte que le système de protection dont tu t'es entourée prend l'eau de toutes parts, tu...

Elle se dégagea brutalement, plus morte que vive. Si ces accusations lui étaient si pénibles, c'est qu'elles étaient en partie justifiées, elle ne le savait que trop.

— Laisse-moi, Alex, murmura-t-elle d'une voix tremblante. Laisse-moi...

Les jambes soudain flageolantes, elle s'éloigna à la hâte et se dirigea vers l'autre bout du magasin, incapable de supporter plus longtemps le regard accusateur d'Alex.

Pourquoi la poursuivait-il ainsi ? s'interrogea-t-elle en s'arrêtant devant une vitrine et en examinant sans les voir de jolis mouchoirs brodés. Elle aurait préféré de l'indifférence, de l'hostilité même, mais pas cet intérêt qu'il semblait parfois lui porter, comme si l'opinion qu'elle avait de lui lui tenait vraiment à cœur, comme s'il souffrait de ses critiques...

Chassant de son esprit ces interrogations qui, elle le savait, resteraient sans réponse, elle finit par choisir pour Isabelle un plaid en cashmere. En allant payer à la caisse, elle remarqua tout à coup dans une autre vitrine un porte-clés en argent pourvu d'un petit miroir de poche et décida aussitôt de l'offrir à Alex. Comprendrait-il l'allusion au miroir sur lequel elle lui avait écrit quelques mots avant de s'évanouir dans la nature lors de la soirée où ils s'étaient rencontrés ? Peut-être pas, mais l'idée lui plaisait. La jeune vendeuse lui fit un beau paquet-cadeau, et lui demanda si elle souhaitait écrire un message sur la petite carte qui l'agrémentait. Fabia hésita un instant avant de prendre le stylo que la jeune fille lui tendait. « Qui a attrapé qui ? » écrivit-elle simplement, en référence aux mots qu'elle avait alors tracés avec son rouge à lèvres.

Puis elle prit le paquet qu'elle glissa dans son sac et décida de rejoindre Alex. Elle l'aperçut bien vite dans la foule des clients, tant il dominait les autres de sa haute stature. Il la remarqua, lui aussi, et ils échangèrent un long regard à quelques mètres de distance, faisant abstraction tout à coup du brouhaha, de la chaleur, des allées et venues des clients. Le cœur serré par l'émotion, Fabia s'immobilisa, luttant contre le trouble qui l'envahissait comme chaque fois qu'elle sentait son regard aux mystérieux reflets dorés posé sur elle.

Puis, fendant la foule, il la rejoignit et remarqua le gros paquet qui contenait le plaid.

— Tu as déjà fait ton choix ? s'étonna-t-il. C'est merveilleux ! Décidément, je vais de bonne surprise en bonne surprise avec toi ! Je croyais qu'une femme ne pouvait pas passer moins d'une heure dans un magasin avant de savoir ce qu'elle était venue y chercher !

Fabia se contenta de sourire, tout en songeant avec un stupide réflexe de jalousie à toutes les femmes qu'Alex avait déjà accompagnées dans cet endroit.

Le soleil déclinait, et Alex décréta qu'il était plus sage de rentrer, Isabelle étant devenue avec l'âge très pointilleuse sur les horaires.

— J'aimerais aussi avoir le temps de te montrer le plus beau panorama de la région, expliqua Alex. Si nous

nous dépêchons, nous y arriverons juste pour le coucher de soleil !

Un quart d'heure après en effet, ils quittaient la ville et s'engageaient sur une petite route qui montait en serpentant à travers bois. Au bout de quelques kilomètres, ils atteignirent le sommet de la colline et Alex arrêta le moteur.

Devant eux s'étendaient à perte de vue des monts aux pentes recouvertes de forêts enneigées. Feuillus et conifères se mêlaient harmonieusement et on devinait ici et là, à leurs parcours sinueux, des rivières qui entamaient lentement leur chemin vers la mer. Quelques villages se signalaient par leurs toits brillants, les fiers clochers de leurs églises, les cheminées qui fumaient tranquillement. Une telle harmonie se dégageait de cette vision bucolique, de cette campagne hivernale que le temps semblait ne pas avoir touchée depuis des siècles, que Fabia oublia que l'homme assis à son côté était le plus dangereusement séduisant qu'elle eût jamais rencontré, et qu'en haut de cette colline perdue ils étaient seuls au monde. Pendant de longues minutes elle contempla le spectacle qui s'offrait à ses yeux, émerveillée.

Comme le silence se prolongeait, elle tourna tout à coup la tête et croisa le regard d'Alex posé sur elle. Dans ses yeux brillait l'éclat d'un désir si brut, d'une telle soif animale qu'elle ressentit un véritable choc, tandis qu'une vague de chaleur soudaine et impétueuse l'assaillait avec une violence qui la laissa pantoise. Le cœur battant, elle entrouvrit les lèvres, inconsciente du message d'invite qu'elle lançait à Alex.

Alors il se pencha sur elle, l'enlaça avec une violence mal contenue et se mit à l'embrasser avec une fougue qui attisa encore le désir de la jeune femme. A son tour elle l'entoura de ses bras, se lova contre lui pour mieux sentir son corps musclé contre le sien et répondit à son baiser avec la même passion. Plus rien ne comptait que leurs bouches unies, leurs corps enlacés, et cette fièvre délicieuse qui les étourdissait.

Le soleil disparut à l'horizon et la nuit se referma sur eux, les enveloppant de son silence complice, de sa douce pénombre, ajoutant encore au sentiment étrange et merveilleux qu'ils avaient d'être seuls au monde.

Au fur et à mesure que leur étreinte se prolongeait, leur souffle s'accélérait, leur désir devenait incontrôlable. Sous les caresses d'Alex, Fabia se mit à gémir de plaisir, avide de se livrer à ses doigts experts, de s'abandonner aux sensations exquises qu'il faisait naître en elle.

De longues minutes passèrent, moments de plaisir et de sensualité partagée. Puis, tout à coup, comme si l'enchantement s'était soudain brisé, Fabia reprit conscience de la réalité, referma sur elle les pans de son chemisier qu'Alex avait déboutonné et s'écarta de lui à la hâte.

— Que se passe-t-il ? demanda-t-il d'une voix sourde. Pourquoi as-tu peur ? Je ne te ferai jamais de mal..., ajouta-t-il en tentant de l'enlacer de nouveau.

Cette fois, elle le repoussa avec violence. Devant ses traits crispés, son évidente tension, il n'insista pas.

— C'est l'autre, n'est-ce pas ? demanda-t-il avec une rage maîtrisée. Il t'a fait souffrir, mais tu ne peux pas l'oublier, c'est cela ?

Il reprit sa place sur son siège et regarda droit devant lui, fixant la nuit.

— Tu l'aimes tant ? reprit-il après quelques secondes. Malgré ce que tu as souffert par sa faute, tu penses si fort au passé que tu ne peux pas vivre pleinement le présent ?

Il sembla à Fabia que la voix d'Alex s'étranglait, et elle lui jeta un coup d'œil furtif. Dans la pénombre, elle crut voir ses mains trembler sur le volant, mais se dit qu'elle avait rêvé. Alex Cade était si sûr de lui, de son pouvoir de séduction, que ses mains ne devaient jamais trembler, et en tout cas pas à cause d'une femme...

— Je ne peux pas t'expliquer, bredouilla-t-elle, au bord des larmes.

Il se redressa tout à coup sur son siège et remit le moteur en marche.

— Ne t'en fais pas, Fabia, ceci ne se reproduira plus, dit-il avec une soudaine distance. Rentrons...

Elle baissa la tête, anéantie, et ne prononça pas un mot pendant tout le trajet de retour. Cependant, mille pensées contradictoires s'entrechoquaient dans sa tête. Elle ne parvenait pas à comprendre comment elle, qui avait toujours évité toute relation physique avec les hommes, s'était littéralement jetée dans les bras d'Alex sans la moindre pudeur. Car il était clair que, si elle avait attendu encore quelques minutes avant de réagir, il aurait été trop tard, et ils auraient fait l'amour sur la banquette arrière, comme les plus impatients des adolescents.

Après avoir répondu avec passion à ses baisers, à ses caresses, elle avait interrompu brusquement leur étreinte sans autre forme de procès, sans une explication ! Alex ne devait rien y comprendre, et elle ne pouvait pas le blâmer.

Le manoir brillait de tous ses feux quand ils arrivèrent, comme si derrière chaque fenêtre une lampe avait été allumée en signe de bienvenue. Dans la cour, Fabia remarqua tout de suite une grosse Mercedes.

— Oh, non ! s'exclama Alex avec un soupir excédé. Il ne nous manquait plus que ça : Susan et sa famille ! J'avais pourtant donné des instructions pour n'accepter les visites que le matin. Isabelle va être épuisée.

— Susan ? demanda Fabia d'une voix blanche.

Mais Alex ne l'entendit pas : il était déjà sorti de la voiture et lui ouvrait la portière, les yeux rivés sur le perron. A cet instant apparut sur les marches une jolie femme brune que Fabia, avec un coup au cœur, reconnut comme la conductrice de la Range Rover.

— Alex ! Enfin ! Je me faisais un sang d'encre ! s'exclama-t-elle en se dirigeant vers eux, un sourire enjôleur sur ses lèvres rouge vermillon.

Ignorant ostensiblement Fabia, elle se précipita dans les bras d'Alex et se serra contre lui. Puis, comme si elle découvrait soudain la présence de Fabia, elle lui jeta un long regard mauvais de ses magnifiques yeux verts, et cette dernière éprouva une immédiate antipathie envers la petite amie d'Alex. Elle était plus âgée qu'on n'aurait pu le croire de loin, songea-t-elle en lui donnant trente ans minimum, d'une élégance parfaite avec son chignon d'où pas une mèche ne s'échappait, son tailleur chic et sobre à la fois, et ses bijoux de prix. Mais, à l'évidence, elle ne voyait pas d'un très bon œil que son chevalier servant fût accompagné...

— Fabia, je te présente Susan, dit Alex en détachant avec douceur les bras que Susan lui avait passés autour du cou. Tu es venue avec les enfants et tes parents ?

— Bien sûr, s'exclama Susan d'une voix de gorge, tu sais bien que je déteste conduire par ce temps !

— Susan est une amie de la famille depuis toujours, expliqua Alex.

— Bonjour, murmura Fabia en esquissant avec effort un sourire de politesse.

— Nous nous sommes déjà vues quelque part, il me semble, observa Susan en lui lançant un regard soupçonneux. A une réception d'Alex, peut-être ? Je ne savais pas que vous faisiez partie de ses nombreuses conquêtes, ajouta-t-elle avec un gloussement méprisant.

Exaspérée par tant de prétention alliée à tant de méchanceté, Fabia sentit la moutarde lui monter au nez.

— Vous n'aviez pas tort, Susan. J'ai toujours détesté partager ce qui m'appartient. Je suis la fiancée d'Alex, tout simplement. La seule et l'unique...

Fabia sentit deux paires d'yeux la dévisager avec stupéfaction. Susan d'abord, estomaquée qu'on puisse ainsi lui tenir la tête, et ensuite Alex, ébahi que Fabia joue son rôle avec autant de sérieux...

Mais Susan, qui ne souhaitait sans doute pas se montrer plus ridicule encore, éclata bientôt d'un petit rire perlé.

— Mais je suis ravie ! s'exclama-t-elle avec dans les yeux une lueur mauvaise qui démentait ses paroles.

— Nous aussi, affirma Fabia en s'accrochant tendrement au bras d'Alex. N'est-ce pas, chéri ?

Alex, qui allait répondre, fut interrompu par l'arrivée intempestive de deux enfants qui dévalèrent les marches du perron en hurlant :

— Oncle Alex, oncle Alex !

Ils se précipitèrent dans les bras d'Alex qui les serra contre lui avec une affectueuse tendresse, tandis que Susan lançait un coup d'œil triomphal à Fabia.

Tout en suivant de loin Alex qui avançait vers la maison, un enfant dans chaque bras, sous l'œil enamouré de Susan, Fabia se demanda non sans amertume quelle autre charmante surprise Alex lui réservait pour Noël...

7.

Quand Susan prit enfin congé, une heure plus tard, accompagnée de ses parents et de ses beaux-parents, Fabia était à cran. En effet, l'épreuve avait été plus que pénible.

L'antipathie qu'elle avait immédiatement éprouvée pour l'amie d'Alex n'avait fait que se confirmer au cours de la visite : elle avait été révoltée à la fois par la prétention méprisante de la jeune femme, mais aussi par sa façon sournoise d'utiliser à son profit ses enfants et leur évidente complicité avec Alex. Des trémolos dans la voix, Susan n'avait eu de cesse de s'extasier sur les rapports privilégiés que Gemma, sa fille de cinq ans, et Jeremy, son fils de huit ans, entretenaient avec leur « oncle ».

— Vous avez vu comme Alex sait s'y prendre avec les enfants ? Il les adore ! A vrai dire, sans lui je n'aurais jamais refait surface après la mort de William, mon défunt mari, ajouta-t-elle à l'adresse de Fabia. Il m'a entourée avec tant d'amour que, grâce à lui, j'ai repris goût à la vie. William était beaucoup plus âgé que moi, et quand je l'ai épousé j'étais si jeune que je ne savais pas très bien ce que je faisais !

— Mais aujourd'hui, vous avez quelques années de plus, remarqua sèchement Fabia pour mettre un terme à cette conversation qui n'avait que trop duré.

Susan lui lança un regard furieux, et s'éloigna, piquée au vif.

Quand ils furent tous partis, Alex dévisagea Fabia avec attention.

— Tu as l'air fatiguée, observa-t-il.

— Elle a mal à la tête, intervint Isabelle en tapotant familièrement la main de Fabia. Vous devriez aller vous reposer avant le dîner, ma chère...

Fabia sourit à Isabelle, certaine que cette dernière avait compris les raisons de sa tension. A certains regards, certaines moues d'Isabelle, elle subodorait que la vieille dame ne tenait pas elle non plus Susan en grande estime.

— Merci, je crois que je vais suivre votre conseil, approuva Fabia. A tout à l'heure...

Une fois dans sa chambre, elle s'allongea sur le lit et son esprit se mit à vagabonder. Elle revoyait Alex jouant avec Gemma, Alex portant la fillette sur ses épaules, Alex écoutant avec sérieux Jeremy lui parler de sa dernière maquette, Alex...

Assez ! se dit-elle en se dressant soudain sur son séant. Pourquoi ne parvenait-elle pas à le chasser de son esprit ? Pourquoi découvrait-elle chaque jour des facettes aussi attachantes qu'insoupçonnées de sa personnalité ? Pourquoi, même en présence de Susan, sa maîtresse en titre, ne pouvait-elle pas se résigner à l'idée qu'il n'était et ne serait jamais qu'un séducteur ?

Avec un profond soupir, elle s'exhorta à reprendre le contrôle d'elle-même. Elle n'avait plus longtemps à attendre avant d'être délivrée : dans quelques jours, elle regagnerait Londres et n'entendrait plus jamais parler d'Alex Cade.

Quelques minutes plus tard, elle était plongée dans un grand bain moussant quand on frappa à la porte.

— Entrez, cria-t-elle, certaine qu'il s'agissait de Mary venue lui apporter une aspirine.

Elle entendit quelques pas dans la chambre, des pas trop lourds pour être ceux de Mary et, soudain en alerte, s'assit brusquement dans son bain.

— Je serais ravi de t'obéir, lança la voix d'Alex, mais

à en juger par les bruits d'eau que je viens d'entendre, j'imagine que tu es dans ta baignoire et que tu ne penses donc pas vraiment ce que tu viens de dire.

— N'entre pas, je t'en prie! cria-t-elle aussitôt, affolée.

— N'aie aucune crainte, je sais me comporter avec les dames, la rassura Alex avec ironie. Bien que dans ce cas précis, très honnêtement, je regrette d'avoir été aussi bien éduqué.

— Qu'avais-tu à me dire? coupa Fabia, infiniment troublée à la pensée qu'elle était nue alors qu'Alex se trouvait de l'autre côté de la porte.

— Qu'il est inutile de faire des efforts vestimentaires ce soir, expliqua-t-il après un silence. Isabelle est fatiguée et dînera dans sa chambre. Je vais à présent te montrer que je suis un gentleman et me retirer sur la pointe des pieds, car je ne réponds pas de moi si je reste ici quelques minutes de plus, en te sachant toute proche et dans le plus simple appareil...

Le souffle court, Fabia l'entendit refermer derrière lui la porte de sa chambre et ferma les yeux, tandis qu'une émotion étrange l'envahissait à la pensée de ce qui se serait passé si Alex était entré dans la salle de bains... L'espace d'un instant, elle imagina leurs corps nus enlacés, leurs souffles mêlés, leur désir montant à l'unisson jusqu'à l'instant suprême, et une soudaine vague de chaleur la submergea.

Puis, décidée à lutter contre cette coupable faiblesse, elle s'accorda une longue douche froide qui l'aida à prendre du recul par rapport à la situation et en conclut une fois encore que de telles divagations ne la mèneraient nulle part.

Pour le dîner, elle suivit les conseils d'Alex et choisit un ensemble en laine dont la couleur bleu lavande s'harmonisait parfaitement avec ses yeux. Après avoir retouché légèrement son discret maquillage, elle brossa ses boucles blondes qui tombèrent gracieusement sur ses épaules et quitta sa chambre.

Alex l'attendait dans la salle à manger. Il s'était changé lui aussi et portait un pantalon noir et un pull-over en cashmere beige à col roulé qui mettait en valeur son teint hâlé. Il était plus dangereusement séduisant que jamais, constata-t-elle avec appréhension.

Sur la table recouverte d'une nappe brodée, l'argenterie étincelante, le service en porcelaine doré à l'or fin et les verres en cristal donnaient à la pièce un air de fête, accentué par les décorations de Noël.

— Mary, toujours très ponctuelle, va nous servir le dîner dans dix minutes, annonça Alex. Je prendrai volontiers un peu de sherry en attendant. Tu m'accompagnes ?

Fabia acquiesça et s'assit sur la chaise que lui avançait galamment Alex.

Au moment où Fabia prenait son verre, Alex déposa devant elle un long paquet enrubanné.

— Joyeux Noël ! dit-il simplement.

Fabia lui lança un regard stupéfait. Il semblait guetter sa réaction avec appréhension et elle s'étonna de l'expression étrange de son visage.

— C'est pour moi ? demanda-t-elle timidement.

— Oui, confirma-t-il d'une voix soudain rauque. Ouvre donc !

Elle s'exécuta avec des gestes rendus maladroits par l'émotion et découvrit avec une exclamation admirative un splendide pendentif en diamant avec sa chaîne en or.

— C'est magnifique ! s'écria-t-elle, le souffle coupé. Mais il est hors de question que j'accepte un tel cadeau.

Alex fronça les sourcils.

— Et pourquoi donc ?

— Parce que c'est beaucoup trop beau !

Il eut une moue exaspérée.

— Oh, tu ne vas pas recommencer, Fabia ! s'exclama-t-il d'un ton excédé. L'éclat de ce diamant m'a fait penser à toi, et je sais que ta beauté le mettra encore plus en valeur. Je suis heureux de t'offrir ce cadeau, Fabia, accepte-le, ajouta-t-il avec gravité. Tu m'offenserais en le refusant.

Un instant, convaincue par le ton grave d'Alex, par son accent de sincérité, elle faillit se laisser fléchir, mais le souvenir de Robin la retint à la dernière seconde. N'avait-il pas essayé de l'acheter lui aussi par des cadeaux de prix, qu'elle avait d'abord naïvement pris pour des marques d'amour avant de comprendre qu'il ne s'agissait que de pions dans une stratégie bien rôdée de séduction ? Elle ne referait pas la même erreur...

— Non, vraiment, dit-elle sèchement. Je ne peux pas...

Le visage d'Alex se figea soudain et son regard prit la dureté du métal.

— Dis la vérité ! s'écria-t-il avec une violence mal contenue. Tu crois que j'essaie de t'acheter, c'est cela ?

Elle soutint avec difficulté son regard mais se força à lui tenir tête.

— En effet, admit-elle en relevant le menton dans un geste de défi. C'est une hypothèse plausible, il me semble ! Tu ne serais ni le premier, ni le dernier...

— En tout cas, ce serait la première fois pour moi, je peux te l'assurer ! lança-t-il avec rage.

Il quitta brusquement la table, se dirigea d'un pas nerveux vers l'une des fenêtres et sembla se plonger dans la contemplation du parc recouvert de neige.

Impressionnée par la violence de sa réaction, Fabia hésitait sur la marche à suivre. Peut-être avait-elle exagéré en l'accusant ainsi... Mais comment ne pas mettre en doute ses intentions à son égard ? Tout cela n'avait aucun sens, et il ne pouvait que se moquer d'elle.

Au bout d'un temps qui lui parut infini, il se retourna enfin. Son expression était plus calme, et Fabia nota avec étonnement qu'il semblait presque abattu.

— Pas un instant je n'ai voulu t'acheter, Fabia, commença-t-il d'une voix sourde. J'ai parfaitement compris que, dans ton esprit, ma richesse était un handicap et non pas un atout, et que pour toi je vivais enfermé dans un monde de privilégiés. Mais pourquoi ne veux-tu pas dépasser ces clichés, cette vision caricaturale ? Pourquoi refuses-tu de me considérer en tant que simple personne? Quand je te tiens dans mes bras, quand je t'embrasse, tu t'abandonnes quelques instants, mais c'est pour mieux t'échapper ensuite, comme si tu m'avais soudain en horreur! Pourquoi me détestes-tu ainsi, Fabia?

— Je ne te déteste pas, Alex, murmura Fabia, au supplice. Comment pourrais-je te détester? Je te connais à peine...

— Justement! Je ne te demande qu'une chose, c'est d'apprendre à me connaître, et là j'accepterai que tu me juges. Mais fais-moi plaisir, je t'en conjure, garde ce cadeau et porte ce bijou que j'ai choisi pour toi. Considère qu'il s'agit d'un remerciement pour le service que tu me rends. Je sais qu'il n'a pas été facile pour toi de te libérer ainsi du jour au lendemain...

Il semblait si abattu tout à coup qu'elle éprouva l'envie aussi folle qu'irrépressible de le serrer dans ses bras pour le consoler, pour lui dire qu'elle ne lui en voulait pas.

— Alex..., commença-t-elle en avançant d'un pas.

Mais l'arrivée de Mary l'interrompit et elle comprit, heureusement à temps, qu'elle avait failli se fourvoyer. A l'évidence, Alex était trop fort et trop sûr de lui pour avoir besoin d'être réconforté.

Pourtant, tout en dégustant la délicieuse dinde de Noël préparée par Mary, elle ne cessait de se poser des questions. Bien sûr, il y avait Susan, bien sûr elle ne comptait pas plus pour lui qu'une autre de ses précédentes conquêtes, mais alors pourquoi paraissait-il si vulnérable parfois, si blessé de ses rebuffades? Plus elle le connaissait, plus il l'intriguait et la fascinait tout à la fois.

— Un peu de bordeaux? proposa Alex en interrompant ses réflexions.

Fabia accepta avec un sourire un peu forcé destiné à dissimuler son trouble. Le reste du repas se déroula sans encombre, car l'un et l'autre prirent soin de n'aborder que des sujets parfaitement anodins.

A la fin du dîner arriva Christine, la dame de compagnie d'Isabelle.

— Monsieur Alex, votre grand-mère désirerait savoir si vous viendrez lui dire bonsoir, demanda-t-elle.

— Oui, bien sûr, répondit Alex. Si elle n'est pas trop fatiguée... Elle m'a paru un peu lasse ces derniers temps, et je ne resterai qu'un instant. Il faut qu'elle se repose.

Après le départ de Christine, Alex se tourna vers Fabia.

— Ah, j'ai oublié de te dire que j'assiste toujours à la messe de minuit au village, pour respecter une tradition familiale à laquelle Isabelle est très attachée, lança-t-il d'un ton léger, comme si leurs relations étaient au beau fixe. Si tu veux m'accompagner, tu es la bienvenue...

— Avec plaisir, répondit Fabia sur le même ton.

— Alors habille-toi chaudement et mets des bottes, nous y allons à pied. Il y a seulement deux kilomètres à parcourir, mais il fait particulièrement froid ce soir. Les chiens nous accompagneront et nous attendront sagement devant l'église, comme chaque année.

Une demi-heure plus tard, ils se retrouvaient dans le hall. Suivant les conseils d'Alex, Fabia avait enfilé plusieurs pulls les uns sur les autres et enroulé trois écharpes autour de son cou, et il éclata de rire en la voyant.

— Tu ressembles à un cadeau de Noël enveloppé de papier cadeau et enrubanné ! s'exclama-t-il. Un cadeau qu'on a très envie de découvrir..., ajouta-t-il, une lueur trouble dans le regard.

Il y eut un silence.

— Tu es prête à affronter le froid ? reprit Alex. Alors, on y va !

Dehors, la nuit était magnifique. Un froid glacial avait couvert de givre les branches des arbres, et dans le ciel sans nuages scintillaient quelques pâles étoiles.

Alex prit le bras de Fabia, et elle se laissa faire, heureuse de le sentir fort et protecteur contre elle. Ils marchaient au même rythme, faisant crisser la neige gelée sous leurs bottes. L'air était vif et la lune baignait la campagne environnante d'une lumière argentée qui donnait à la scène un aspect presque irréel. Soudain portée par ce spectacle magique, Fabia oublia tout. Serrée contre Alex, elle ne songea plus qu'au bonheur d'être avec lui, de profiter de sa présence délicieusement apaisante et réconfortante et de ces instants privilégiés. Ils avancèrent sans échanger un mot, communiant en silence, heureux de se fondre ensemble dans cette splendide nuit hivernale.

Puis soudain, le silence fut rompu par le tintement des cloches : ils arrivaient.

Fabia aperçut alors avec ravissement la petite église aux vitraux scintillants. Dans la nef, les paroissiens étaient déjà rassemblés et le service commença sans tarder, émouvant par la simplicité et la ferveur des chants. Fabia n'avait d'yeux que pour la crèche installée sous l'autel, délicieusement naïve avec ses personnages en cire, mais de temps à autre son regard glissait vers Alex, dont le beau visage était empreint d'une étonnante gravité. Qui était-il vraiment? se demanda-t-elle, désarçonnée par la solennité de son expression. Le play-boy amateur de conquêtes féminines que présentaient les magazines, ou l'être sensible et vulnérable que l'on devinait parfois à un sourire, à un regard? Comment des personnalités aussi dissemblables pouvaient-elles coexister chez le même individu?

A la fin du service, l'église se vida dans un joyeux brouhaha, et les chiens qui avaient attendu patiemment se précipitèrent sur leur maître, soulagés de le retrouver. Après avoir salué quelques villageois, Alex donna le signal du départ.

Ils venaient de dépasser la dernière maison quand il s'arrêta soudain. Prenant Fabia par les épaules, il l'attira doucement à lui.

— Joyeux Noël, Fabia, murmura-t-il d'une voix sensuelle. Et merci d'être venue ce soir...

Il se pencha sur elle et l'embrassa, réduisant à néant toutes les promesses qu'elle s'était faites de lui résister.

Comment aurait-elle pu rester de marbre alors que chaque parcelle de son corps attendait ses caresses, que son être tout entier le réclamait ? songea-t-elle, éperdue. Il se pencha sur elle et prit les lèvres qu'elle lui offrait, palpitante. Leur baiser fut si fougueux, si violent, qu'elle eut du mal à reprendre son souffle quand il la lâcha enfin.

— Cette nuit est magique, murmura Alex en la serrant contre lui. La neige a déposé un voile de mariée sur la campagne, comme si elle nous invitait à...

Il s'interrompit et Fabia compléta mentalement sa phrase : « à faire l'amour », avait-il voulu dire. Consciemment ou inconsciemment, il en revenait toujours au même sujet...

— La magie s'évanouit souvent au petit matin, remarqua-t-elle d'un air désabusé, et les voiles de mariée perdent vite leur blancheur...

Il y avait une telle amertume dans ses propos qu'Alex lui jeta un regard surpris.

— Tu ne peux pas penser des choses pareilles, Fabia ! s'exclama-t-il. Ne me dis pas que tu ne crois pas en l'amour !

Dans le regard bleu-violet de la jeune femme brilla un éclat douloureux.

— Et pourquoi croirais-je en l'amour ? rétorqua-t-elle avec cynisme. Je suis un fruit de l'amour, mais ça ne m'a pas empêchée d'être déposée un petit matin d'automne sur les marches d'un hôpital parce que ma mère ne voulait plus de moi ! L'amour n'est qu'un leurre ! C'est l'amour qui...

Elle se rendit compte tout à coup qu'elle allait parler de Robin et s'arrêta à temps.

— Je ne crois pas en l'amour..., affirma-t-elle en gratifiant Alex d'un regard de défi.

Il semblait incrédule.

— Je suis certain qu'au fond de toi tu espères te marier un jour et avoir des enfants, insista-t-il. Toutes les femmes rêvent d'une robe blanche...

— Si je me marie un jour, ce sera en noir, déclara-t-elle sèchement. Le couple, l'amour éternel, la comédie du bonheur à deux, je n'y crois pas et je n'y croirai jamais !

Elle se tut, consciente que ses mots dépassaient sa pensée et que ses propos provocateurs ne pouvaient que heurter Alex. Mais se montrer ainsi froide et cynique était le seul moyen de se protéger en lui dissimulant sa vulnérabilité. Un instant, elle songea désespérée que s'il avait protesté, s'il lui avait assuré qu'elle avait tort, qu'un jour elle connaîtrait le bonheur auprès d'un homme, qu'elle n'était pas faite pour une vie de solitude, elle aurait été trop heureuse de se laisser convaincre, mais il ne dit rien.

Il se remit à marcher, tête baissée, soudain froid et distant, et ils n'échangèrent plus une parole jusqu'à leur arrivée.

Une fois dans le hall, il se tourna vers elle.

— Va te coucher, Fabia, dit-il d'une voix grave qui résonna étrangement dans la vaste cage d'escalier. Moi, j'ai besoin de prendre un verre...

Puis, sans ajouter un mot, il se dirigea vers le fumoir, les deux chiens sur ses talons, tandis que Fabia l'observait, le cœur serré.

A son tour elle se mit en mouvement et, en plein désarroi, monta lentement les marches qui menaient à l'étage.

Cet instant merveilleux dans la neige n'était plus qu'un souvenir qu'elle chérirait jusqu'à la fin de ses jours, songea-t-elle, anéantie. Toute la magie de cette nuit de Noël et de cette marche avec Alex dans la campagne s'était évanouie comme un rêve trop beau qu'elle n'aurait jamais dû faire, et la réalité retrouvée était malheureusement bien plus sordide...

8.

Fabia fut éveillée par le bruit léger des rideaux que tirait Mary.

— Joyeux Noël ! lança la gouvernante. Vous avez bien dormi ?

— Très bien, répondit Fabia en s'étirant.

Elle se garda bien de préciser que son sommeil avait été perturbé par des rêves troublants dans lesquels Alex tenait le rôle principal.

— Je vous ai apporté un jus de pamplemousse frais en attendant le petit déjeuner, annonça Mary en posant un verre sur la table de nuit. Et j'ai un message de la part de monsieur Alex : il m'a chargée de vous dire qu'il est allé se promener avec les chiens. Il sera rentré dans une demi-heure et souhaiterait que vous alliez saluer sa grand-mère avec lui.

— Très bien, j'irai, dit Fabia. Merci pour le jus de fruits, mais vous n'auriez pas dû vous déranger, Mary, ajouta-t-elle. Vous devez être débordée en ce jour de Noël. Puis-je vous aider à quelque chose ? Vous savez, je n'ai pas l'habitude d'être oisive.

Mary lui lança un regard stupéfait.

— Vous n'y pensez pas, mademoiselle ! protesta-t-elle. Vous devez profiter le plus possible de vos vacances ici ! Mais c'est très gentil à vous d'avoir proposé...

Curieuses vacances en vérité, pensa Fabia après le

départ de Mary. Si cette dernière avait su quelles étaient ses vraies relations avec Alex, elle aurait été bien étonnée...

Elle descendait l'escalier quand Alex rentra de sa promenade, sa chevelure bouclée couverte de flocons de neige.

— Tu aurais dû mettre un bonnet ! s'exclama Fabia d'un ton de reproche. Tu vas attraper la grippe !

Il lui lança un regard surpris.

— Que me vaut tant de sollicitude ? demanda-t-il avec un sourire désabusé. Je suis très étonné que tu sembles enfin t'intéresser à ma personne, je l'avoue... Toujours est-il que ma grand-mère doit nous attendre. Tu viens la voir avec moi ?

— Avec plaisir, confirma Fabia. Je vais en profiter pour lui donner son cadeau.

— Elle sera ravie que tu aies pensé à elle, remarqua Alex.

Fabia toucha le porte-clés miroir qu'elle lui destinait et qu'elle avait glissé dans sa poche, hésitant à l'en sortir. Tout à coup, l'idée d'offrir un cadeau à Alex l'intimidait, et elle décida d'attendre...

Confortablement installée dans son lit, Isabelle les accueillit d'un sourire. Elle semblait reposée et d'excellente humeur, mais annonça d'emblée qu'elle ne descendrait pas pour le déjeuner.

— Je préfère économiser mes forces, et je suis certaine qu'un tête-à-tête ne vous fait pas peur ! Tenez, Fabia, j'ai une petite chose pour vous, ajouta-t-elle en tendant à la jeune femme un gros paquet.

Plus touchée qu'elle ne voulait se l'avouer, Fabia dénoua le large ruban doré avec des gestes maladroits et découvrit un élégant sac de cuir noir.

— Comme il est joli ! s'exclama-t-elle. C'est beaucoup trop ! Mais vous ne pouviez pas me faire plus plaisir : j'avais justement envie de changer de sac et celui-ci me plaît beaucoup.

A son tour, elle donna son cadeau à Isabelle qui eut du mal à dissimuler son émotion.

— Merci, Fabia, merci..., murmura-t-elle. Vous me gâtez, et ce plaid me tiendra chaud tout l'hiver. Et maintenant, je vais vous demander de me laisser, car je dois me reposer. Vous reviendrez me voir tout à l'heure, n'est-ce pas ?

Le déjeuner tirait à sa fin quand Alex prit son verre et porta un toast à Fabia.

— Joyeux Noël, Fabia ! s'exclama-t-il tout à coup. Je suis heureux que ce bijou t'aille si bien.

Fabia rougit. Après beaucoup d'hésitation, elle avait en effet décidé de porter le pendentif qu'il lui avait offert.

— Il est magnifique, bredouilla-t-elle, troublée de la caresse de son regard insistant.

— Il est magnifique sur toi parce que... tu es magnifique, murmura alors Alex avec une soudaine gravité. Je ne te remercierai jamais assez d'avoir accepté de passer cette semaine ici avec moi. C'était un plaisir de tous les instants.

Incapable de détourner les yeux tant le regard d'Alex la tenait captive, Fabia ne put retenir un frisson. Comment lutter contre le pouvoir qu'il exerçait sur elle ? Et comment jouer l'indifférence alors que sa seule présence lui faisait perdre tous ses moyens ?

— Je croyais être plutôt pour toi une source de problèmes, rétorqua-t-elle avec un rire destiné à détendre l'atmosphère, mais qui sonna désespérément faux.

— Il y a des moments dans la vie où on est prêt à assumer les problèmes, dit-il, énigmatique. Peut-être en suis-je arrivé là...

Il avait toujours les yeux rivés sur elle ; le souffle court, elle le dévisagea et lut dans son regard une expression d'une telle intensité qu'elle sentit une vague de chaleur l'envahir. Puis il s'approcha lentement d'elle et elle ferma les yeux, attendant son baiser tandis qu'un désir brut la submergeait, pareil à celui qui brillait dans les yeux d'Alex.

— Monsieur Alex ?

Fabia sursauta : la voix était celle de Mary qui, après un rapide coup sur la porte qu'ils n'avaient pas entendu, était rentrée dans la salle à manger.

— Désolée d'interrompre votre repas, mais mademoiselle Susan est au téléphone, annonça-t-elle, gênée. Elle voudrait savoir à quelle heure commence la fête demain.

— Susan ? lança Alex, exaspéré. Mais comme l'année dernière ! Elle devrait le savoir, elle vient tous les ans !

— Je crois qu'elle voudrait vous parler, insista Mary d'une voix mal assurée.

— Soyez gentille, Mary, dites-lui que je suis à table, demanda Alex.

Mary s'éclipsa, laissant de nouveau Alex et Fabia seul à seule. Mais le charme était rompu, et pour Fabia la seule évocation du nom de Susan avait établi entre eux une infranchissable distance.

— De quelle fête s'agit-il ? s'enquit-elle d'un ton détaché.

— De la réception que ma grand-mère donne tous les ans pour les amis du voisinage, expliqua Alex. Curieusement, le jour de Noël nous ne faisons rien de spécial. J'avais d'ailleurs pensé te montrer un lac près d'ici. Il est gelé depuis plusieurs semaines, nous pourrions y patiner, suggéra-t-il.

— Je ne sais pas patiner, avoua Fabia.

— Je t'apprendrai, assura Alex avec une infinie douceur.

La chaleur de sa voix, la tendresse de son regard ébranlèrent la jeune femme. Alex était irrésistible quand il le voulait, songea-t-elle, partagée entre l'envie de refuser et celle de passer l'après-midi avec lui. Elle opta pour la deuxième solution.

Apprendre à patiner dans les bras d'Alex, n'était-ce pas un merveilleux cadeau pour le jour de Noël ?

*
**

Quand ils arrivèrent au lac une heure plus tard, équipés de pied en cap, Fabia ne put retenir une exclamation admirative. Niché au creux d'une vallée, le lac étincelait de mille feux sous le soleil hivernal, entouré par de sombres forêts de sapins comme par un écrin de velours. L'air était pur, la lumière éclatante, quelques patineurs évoluaient avec grâce sur la piste. Soudain apaisée, la jeune femme décida de profiter de ce dernier après-midi en tête à tête avec Alex, et d'oublier un instant qu'entre eux il n'y aurait jamais ni passé ni avenir... Ces quelques heures dans ce cadre enchanteur seraient une parenthèse de bonheur, un instantané qui resterait à jamais figé dans sa mémoire...

Alex se révéla un excellent professeur, et après quelques chutes et beaucoup de fous rires, ils patinèrent enfin main dans la main comme les autres jeunes couples qui s'étaient donné rendez-vous en ce jour de Noël. Il semblait à Fabia que le temps s'était arrêté, que plus rien n'existait que cette bulle de bonheur dans laquelle ils s'étaient miraculeusement isolés. Enfin, ils s'arrêtèrent comme les autres pour déguster des châtaignes qu'un marchand faisait griller sur un poêle.

— J'adorerais patiner avec vous ! s'exclama une jolie rousse qui dévisageait Alex avec insistance, visiblement séduite. Vous ne voulez pas que nous changions de partenaire quelques minutes ? ajouta-t-elle en lui lançant un sourire appuyé.

— Merci, répondit Alex. Ma cavalière est débutante, et je ne laisserai personne d'autre que moi la prendre en charge...

Sur ces paroles, il enlaça Fabia d'un geste possessif et l'entraîna vers la piste. Elle se laissa faire, bouleversée. Comptait-elle donc un peu pour lui malgré Susan ? se demandait-elle, en plein désarroi. Il pouvait se montrer si tendre, si prévenant...

— On fait un dernier tour? proposa-t-il avec entrain.

— Tu n'avais pas envie de patiner avec cette jeune femme? Je l'ai remarquée tout à l'heure, elle est très douée, et ce serait sûrement plus drôle pour toi..., remarqua Fabia.

Alex la serra contre lui.

— C'est avec toi que je veux être, et toi seule, lui chuchota-t-il à l'oreille tout en réajustant son écharpe qui avait glissé.

De nouveau, Fabia sentit une étrange émotion s'emparer d'elle. Alex était irrésistible quand il l'entourait ainsi d'attention, et elle avait alors la folie de se prendre à rêver que le bonheur à deux était possible.

— Tu es un drôle de personnage, Alex, si contradictoire parfois..., murmura-t-elle tout à coup comme si elle se parlait à elle-même. Je donnerais cher pour savoir qui tu es vraiment.

— Pourquoi cette question? s'étonna-t-il en fronçant les sourcils.

— Parce qu'il n'y a rien de commun entre le play-boy que présentent les magazines, le chef d'entreprise à succès, et...

— Et le petit-fils d'Isabelle ou le patineur? coupa-t-il. Cela n'a rien d'étonnant! Il y a l'homme public et... l'autre.

— Et les femmes? ne put s'empêcher de demander Fabia. Tu as un double comportement avec elles aussi?

Il poussa un soupir agacé, l'entraîna un peu à l'écart de la piste, et se planta devant elle, une expression déterminée sur ses traits virils.

— Mettons les choses au point une bonne fois pour toutes, Fabia, déclara-t-il d'un ton ferme. Il y a eu des femmes dans ma vie, certes, et j'admets qu'aucune n'a assez compté pour que je veuille poursuivre l'aventure. Mais je ne suis pas le séducteur invétéré que tu imagines. Et ce n'est pas parce que je fais partie de ce qu'on appelle la jet-set de par ma naissance et mes moyens, et que je suis riche et puissant, que je n'espère pas avoir un jour ce dont rêve n'importe quel homme, à savoir une famille bien à moi.

— Tu crois vraiment que c'est le rêve de la majorité des hommes? rétorqua Fabia avec cynisme. Soit tu connais bien mal tes pairs, soit nous n'avons pas rencontré les mêmes!

— Peut-être n'as-tu pas croisé les bons..., objecta-t-il. En tout cas, rien ne te permet de généraliser ainsi.

— J'ai appris à décoder certains beaux discours, indiqua-t-elle avec une amertume presque palpable.

Elle frissonna, avec l'impression étrange qu'un froid intérieur l'envahissait. Le soleil avait baissé, les patineurs commençaient à partir et la magie de ce merveilleux après-midi s'était soudain dissipée. Comment avait-elle été assez stupide pour imaginer un instant qu'elle comptait pour Alex? Il avait Susan, et ne cherchait avec elle qu'une aventure facile. Il n'était en rien différent de Robin, conclut-elle avec une lucidité douloureuse.

— Rentrons, dit-elle d'un ton sec. Je suis fatiguée.

— Tu es désespérante, Fabia! murmura Alex d'un ton désabusé. Au moment le plus inattendu, tu rentres dans ta coquille et rien ni personne ne semble pouvoir t'en faire sortir! Tu as raison, dans ces conditions, autant partir...

Ils n'échangèrent pas une parole pendant le trajet du retour. Le visage dur, les lèvres serrées, Alex gardait les yeux rivés sur la route, et Fabia, perdue dans d'amères pensées, ne chercha pas à engager la conversation. Ils arrivèrent à la propriété juste à temps pour le thé que Mary leur servit dans le petit salon, devant un bon feu.

Quand la jeune femme déclina le gâteau que lui proposait Mary, celle-ci protesta.

— Voyons, Fabia, il faut manger! conseilla-t-elle avec une affection presque maternelle. Vous n'avez pas faim?

— Je me réserve pour le dîner, dit Fabia en souriant.

Après le départ de Mary, Alex rejoignit Fabia sur le canapé et lui passa un bras autour des épaules. La jeune femme se raidit aussitôt, mais il ne sembla pas remarquer sa réaction.

— Mary t'adore, murmura-t-il. Tout le monde t'adore ici, d'ailleurs...

— Tu dis n'importe quoi, protesta-t-elle, mal à l'aise. Et je préférerais que tu enlèves ton bras, nous sommes seuls à présent, tu n'as plus besoin de jouer la comédie.

— Parce que tu crois que c'est le cas? s'exclama-t-il d'une voix cinglante. Je n'ai même pas le droit de te prendre par les épaules?

— Non, assena-t-elle, décidée cette fois à ne pas faiblir.

— Pourquoi crois-tu toujours que je ne poursuis qu'un seul but avec toi, Fabia? Pourquoi tant d'hostilité?

— Je ne suis pas hostile, je tiens juste à ce que tu respectes les termes de notre contrat, précisa-t-elle d'une voix distante. Car entre nous, il n'y a rien d'autre qu'un contrat, dois-je te le rappeler?

Il la dévisagea avec incrédulité.

— C'est inutile, Fabia, ton comportement est assez parlant. Mais tu oublies une chose, c'est que les contrats sont parfois faits pour être rompus, ajouta-t-il d'un ton énigmatique.

Sur ces mots, il se pencha sur elle et l'enlaça avec force, lui interdisant toute fuite. Elle crut qu'il allait l'embrasser avec sauvagerie pour lui faire payer son insolence, mais il n'en fut rien. Alors qu'elle se préparait à résister de toutes ses forces, elle fut prise de court par la douce caresse de ses lèvres sur sa peau. Avec une infinie délicatesse, il lui effleurait le visage de sa bouche, déposant sur ses paupières, sur ses joues, dans sa nuque, un chapelet de baisers si légers qu'elle crut rêver. Eperdue, elle s'abandonna peu à peu aux sensations délicieuses qu'il faisait naître en elle. Puis le rythme de ses caresses s'accéléra, ses lèvres se firent plus pressantes et une vague de chaleur envahit la jeune femme. Brûlante de désir, elle se lova contre lui pour mieux sentir son corps puissant, s'enivrer de son odeur, et au moment où elle l'enlaçait à son tour, elle le sentit se détacher d'elle.

Il se leva et la dévisagea dans un silence pesant.

— Avant de me donner des leçons, ma chère Fabia, déclara-t-il en martelant ses mots, j'aimerais que tu réfléchisses à ce qui vient de se passer entre nous et que tu cesses de me prendre pour un violeur potentiel. Car il est évident que, si je n'avais pas mis un terme à cette étreinte, nous aurions été beaucoup plus loin ! Et contrairement à ce que tu insinues en toute mauvaise foi, je ne t'aurais en aucun cas forcée.

Il fit une pause et se rassit à côté d'elle.

— Mais voilà, je suis peut-être plus scrupuleux que tu ne le penses, et le jour où tu te donneras à moi, il faudra que ce soit de ta part une décision mûrement réfléchie. Je veux tout de toi, Fabia, et pas seulement ton corps..., dit-il d'une voix sourde. Peux-tu comprendre une chose pareille ?

En plein désarroi, elle resta muette, figée, évitant son regard.

— Tu t'échappes de nouveau, constata-t-il en poussant un douloureux soupir. Très bien, j'essaierai d'être patient...

Et sur ces mots, il quitta le petit salon, laissant la jeune femme en plein désarroi.

Elle le comprenait de moins en moins... Pourquoi l'avait-il si cruellement rejetée alors qu'ils brûlaient tous les deux du désir de s'appartenir ? Pourquoi prétendait-il attendre d'elle plus qu'une simple aventure, alors qu'il avait déjà une fiancée quasi officielle ?

Quand elle se coucha, les mêmes questions sans réponse la minaient toujours et elle mit longtemps à trouver le sommeil. Le souvenir des baisers d'Alex, de ses lèvres caressantes, la torturait et elle l'imagina soudain embrassant Susan avec la même ardeur...

Cette vision était si cruelle qu'elle étouffa ses sanglots dans son oreiller.

Alex était lié à Susan depuis toujours, il adorait ses enfants, leurs familles étaient amies, ils appartenaient au même monde..., alors qu'elle-même n'était et ne serait jamais qu'une étrangère pour lui !

Le lendemain matin, Fabia était installée à la table du petit déjeuner quand Alex fit une brève apparition dans la salle à manger. Il se contenta de la saluer d'un signe de tête et annonça à Mary qu'il se retirait pour travailler dans son bureau et qu'il ne devait être dérangé sous aucun prétexte.

Quand il fut parti, Mary se tourna vers Fabia.

— Vous avez l'air soucieuse, mademoiselle, remarqua-t-elle, inquiète.

— Non, tout va très bien, mentit Fabia. Mais je n'aime pas être désœuvrée. Si vous me trouviez quelque chose à faire, je serais ravie.

Mary réfléchit un instant.

— Arranger les fleurs, peut-être ? suggéra-t-elle. Ce serait gentil, car avec la fête nous sommes plutôt débordés.

Fabia accepta avec plaisir, soulagée de pouvoir chasser Alex de son esprit. Vers 16 heures, tout était prêt pour accueillir les invités et la jeune femme monta se changer. Elle n'avait pas revu Alex depuis le matin...

Elle mettait la dernière main à son maquillage et vérifiait son chignon quand on frappa à la porte. C'était Alex, au charme plus ravageur que jamais dans son costume trois-pièces d'une coupe impeccable et sa chemise blanche qui faisait ressortir son teint hâlé et ses boucles brunes.

Il resta un moment silencieux, observant avec une

lueur admirative la silhouette gracile de la jeune femme, mise en valeur par un simplissime fourreau de crêpe noir, et sous ce regard caressant Fabia sentit son cœur se mettre à battre la chamade.

— Je voulais m'excuser, dit-il d'emblée.

— T'excuser? rétorqua-t-elle d'une voix blanche.

— Oui, de m'être imposé comme je l'ai fait hier, expliqua-t-il avec une nervosité presque palpable. Ma conduite était impardonnable et ne se reproduira plus. Quand je t'ai convaincue de venir ici, je pensais que...

Il s'interrompit, la voix soudain tendue.

— Bref, je me suis mépris mais, rassure-toi, je ne t'importunerai plus, je te le promets, ajouta-t-il avant de disparaître aussi soudainement qu'il était venu.

Les jambes soudain tremblantes, Fabia resta un long moment à fixer la porte qu'il avait refermée derrière lui. Ainsi, tout était dit entre eux! songea-t-elle, en proie à un terrible abattement. Peut-être lui demanderait-il de quitter les lieux dès le lendemain? Alors qu'en toute logique l'idée de partir aurait dû la soulager, le désespoir l'envahit soudain à la pensée qu'une fois franchi le seuil de cette maison elle ne le reverrait plus jamais...

Les larmes lui vinrent aux yeux et elle se leva brusquement, décidée à réagir et à cesser de s'apitoyer sur elle-même! Alex Cade n'était rien d'autre qu'un homme qui, comme tous les autres, avait essayé de la séduire pour l'ajouter à son tableau de chasse, et elle ne pouvait que se féliciter de l'avoir éconduit!

Les invités arrivaient peu à peu, et Fabia se figea quand elle aperçut Susan qui faisait une entrée théâtrale dans une robe verte très décolletée, escortée de ses enfants. Gemma et Jeremy, adorables dans leurs habits de fête, se précipitèrent vers Alex sous l'œil attendri de leur mère, qui serra ensuite longuement leur hôte dans ses bras en l'embrassant.

Malgré elle, Fabia s'étonnait qu'une personne aussi antipathique que Susan pût avoir des enfants aussi charmants, et elle eut bientôt l'explication de ce mystère.

Elle était assise auprès d'Isabelle quand celle-ci se pencha vers elle, désignant les deux enfants qui, à l'autre bout du salon, entouraient Alex.

— Gemma et Jeremy sont si charmants! murmura-t-elle. Leur père les adorait et s'occupait beaucoup d'eux. Susan lui rendait la vie impossible, et tout son amour s'était reporté sur ses enfants.

— Vraiment? s'étonna Fabia.

— Si vous voulez mon avis, Susan est aussi inintelligente que perverse, déclara Isabelle sans mâcher ses mots. William a été très malheureux avec elle... Quand il est mort, elle a eu l'audace de jouer à la veuve éplorée, mais en ce qui me concerne je n'ai jamais été dupe.

Alex arriva peu après et resta à côté de Fabia pendant un long moment, mais la jeune femme sentit sans comprendre pourquoi que, plus que sa propre présence, il cherchait surtout à éviter celle de Susan.

Puis Mary annonça que le buffet était servi et les invités se dirigèrent en devisant vers la grande salle à manger. Fabia, qui suivait trois femmes d'âge mûr, entendit qu'elles parlaient de Susan et ne put s'empêcher de dresser l'oreille.

— Quels adorables enfants! susurra l'une d'entre elles. Et quel dommage qu'ils aient perdu leur papa! Heureusement qu'ils ont Alex!

— Oui, Alex ferait un beau-père rêvé pour eux! Ils l'adorent, c'est une évidence, remarqua la deuxième.

— Tout le monde sait que cette histoire finira par un mariage, assura la troisième d'un ton important. D'ailleurs, avant de convoler avec William, Susan a failli épouser Alex, et elle a changé d'avis au dernier moment sans que personne comprenne pourquoi. Ce serait donc un juste retour des choses qu'ils se marient enfin. J'espère qu'ils donneront une grande fête...

Avec une rage douloureuse, Fabia décida qu'elle en avait assez entendu et préféra tourner les talons. En regardant de l'autre côté de la pièce, elle eut alors comme la confirmation de ce qu'elle venait d'apprendre : assis à côté du père de Susan, Alex lui faisait la conversation tout en tenant Gemma sur ses genoux, tandis que Susan lui tendait une coupe de champagne d'un air adorateur. Touchante scène de famille..., songea Fabia en retenant ses larmes. Comment avait-elle pu se laisser prendre, ne serait-ce qu'un instant, au double jeu d'Alex ?

Le reste de la soirée ne fit que la perturber plus encore. Dès qu'Isabelle eut pris congé, Susan se dévoila sous son vrai jour, comme si elle s'était retenue jusque-là par crainte des commentaires de la vieille dame, dont elle avait sans doute perçu la réprobation. En effet, elle n'eut de cesse d'entourer Alex : elle se penchait sur lui pour lui murmurer des confidences à l'oreille à la moindre occasion, se pendait à son bras, l'enlaçait par la taille et partait d'un exaspérant rire de gorge à chacune de ses paroles. Ce spectacle fut bientôt si insupportable à Fabia qu'elle préféra quitter la fête avant le départ des invités. Sans prévenir Alex, elle profita de l'agitation qui régnait autour du buffet pour s'éclipser.

Une fois dans la solitude de sa chambre, un ultime sursaut d'orgueil l'empêcha d'éclater en sanglots. Retenant des larmes de rage, elle se coucha, en proie à une terrible tension. Partagée entre la colère et le désespoir, elle mit très longtemps à s'apaiser et s'endormit enfin d'un sommeil lourd.

Elle rêvait d'Alex quand elle fut éveillée en sursaut : quelqu'un la secouait par les épaules. Elle s'assit et mit quelques minutes à réaliser que la personne qui lui faisait subir ce traitement n'était autre qu'Alex !

— Réveille-toi, Fabia ! lança-t-il avec véhémence.

— Que se passe-t-il ? demanda-t-elle, hagarde. Et quelle heure est-il ?

— Pourquoi as-tu quitté la soirée sans même prendre la peine de me prévenir ! rétorqua-t-il, ignorant sa question. Peux-tu m'expliquer pourquoi tu as disparu ainsi ?

Comment osait-il lui parler sur ce ton et exiger d'elle des explications alors que c'était lui qui se comportait de façon indigne ? songea Fabia, outrée. Elle sentit une bouffée de rage l'envahir et lui lança un regard furieux, sans se rendre compte de l'image qu'elle offrait. Ses cheveux dénoués tombaient sur ses épaules nues, son déshabillé de soie laissait entrevoir la rondeur ferme de ses seins, et la colère qui rosissait ses joues accentuait encore l'éclat de ses yeux bleu-violet. Nichée au creux de ses draps de satin, fragile et sensuelle tout à la fois, elle était l'incarnation même de la féminité, même si à cet instant Alex ne semblait guère s'en soucier...

Cédant à la colère, elle s'agenouilla sur le lit pour mieux lui faire face.

— Tu as l'audace de me poser cette question ? rétorqua-t-elle en manière de défi.

Il ne se laissa pas impressionner, bien au contraire.

— Absolument, assena-t-il. C'était de la plus haute incorrection. Pourquoi as-tu agi ainsi ?

Elle lui lança un regard noir, décidée à ne pas lui répondre. Elle n'avait pas commis un crime, que diable !

— Eh bien ? reprit-il en dardant sur elle un regard insistant.

Elle s'aperçut alors qu'elle était à moitié nue, et se troubla. D'un geste de pudeur, elle tira le drap à elle et le serra contre sa poitrine.

— Tu n'as qu'à imaginer ce qui t'arrange..., rétorqua-t-elle d'un air méprisant.

Les yeux d'Alex lancèrent des éclairs.

— Pourquoi me provoques-tu ainsi, Fabia ? murmura-t-il d'une voix tendue. Pourquoi prends-tu de tels risques ? Si je me laissais aller, je...

— Tu quoi ? demanda-t-elle d'un ton narquois, décidée à le pousser à bout.

— Je te ferais l'amour jusqu'à ce que tu hurles de plaisir, jusqu'à ce que tu ne puisses plus te passer de mes caresses, jusqu'à te rendre folle de désir ! Je veux que plus rien ne compte pour toi que nos étreintes..., s'exclama-t-il d'une voix soudain rauque.

— Si tu t'imposais ainsi à moi, je te détesterais..., rétorqua-t-elle, le visage fermé, luttant contre l'émotion intense que les paroles d'Alex faisaient naître en elle.

— Tu me détestes déjà, protesta-t-il, alors pourquoi me retiendrais-je ?

Alors, incapable désormais de refréner son désir, il fixa d'un regard brûlant sa peau nacrée, ses épaules dénudées, ses seins dont la soie moulait le galbe parfait. Puis il se pencha et l'attira à lui sans ménagement. Un instant plus tard, il la rejoignait sur le lit et la faisait rouler sous lui.

Elle commença par tenter de le repousser, en proie à une rage sourde, décidée à lui faire payer sa duplicité et à lui montrer qu'elle était capable de lui résister, mais quand il se mit à caresser sa poitrine de ses doigts experts, elle se sentit défaillir. Le désir monta en elle, violent et impétueux, leurs bouches se joignirent, leurs souffles se mêlèrent... Eperdue, elle se cambra pour mieux offrir ses seins à la bouche gourmande et possessive d'Alex. Une vague de chaleur l'envahit et elle ne put retenir un gémissement de plaisir, tant les sensations qu'il faisait naître en elle la comblaient et éveillaient une sensualité trop longtemps assoupie.

— Je te veux, Fabia, corps et âme ! murmura-t-il soudain d'une voix sourde. Comprends-tu ? Rien ne nous empêchera de nous appartenir, mais il faut que tu le désires autant que moi... Dis-moi que tu le veux, dis-le-moi !

Suffocante d'émotion, elle le dévisagea, prête à rendre les armes, à lui avouer et à s'avouer à elle-même qu'elle avait besoin de lui comme elle avait besoin de respirer pour vivre, mais à la dernière seconde le souvenir de Robin lui traversa l'esprit et elle se figea.

— Laisse-moi, Alex, laisse-moi, je t'en prie, supplia-t-elle en le repoussant.

Il la regarda avec une intensité douloureuse, cherchant en vain sur ses traits crispés une explication à cette attitude incohérente, et la lâcha enfin. Puis, d'un geste délicat qui augmenta encore le désarroi de la jeune femme, il tira le drap sur elle pour recouvrir sa nudité et se leva.

— Je crois que cette fois-ci, tout est dit, Fabia, murmura-t-il, la mine sombre.

Il se rajusta et aperçut alors sur la table de nuit un petit paquet-cadeau qui portait son nom. C'était le porte-clés que Fabia n'avait pas eu le courage de lui offrir.

— C'est pour moi ? demanda-t-il d'un ton soudain distant, presque railleur. Ou y a-t-il un autre Alex dans ta vie ?

— Bien sûr que c'est pour toi ! s'exclama-t-elle en réprimant par miracle ses sanglots.

Sans un mot, il ouvrit le paquet et observa longuement le miroir attaché au porte-clés.

— Merci, murmura-t-il, les yeux humides. Je chérirai à jamais cet objet, Fabia...

Il s'éloigna vers la porte et se retourna avant de quitter la pièce.

— Maintenant, je sais..., observa-t-il d'une voix à peine audible.

— Tu sais quoi ?

— Je sais qui a attrapé qui, répondit-il. Mais je n'aurais jamais cru que ce serait aussi douloureux...

Et sur ces paroles énigmatiques, il avança dans le couloir et referma la porte derrière lui, laissant Fabia anéantie.

9.

Les trois jours précédant son départ se déroulèrent pour Fabia comme dans un rêve. Alex se montra d'une extrême courtoisie. Il l'emmena rendre visite à des amis, et devança le moindre de ses désirs, semblant mettre un point d'honneur à éviter tout geste ou parole équivoque.

Le matin de son départ, Fabia se réveilla en proie à une infinie tristesse à la perspective de quitter à jamais cette demeure et ses occupants auxquels, sans même s'en rendre compte, elle s'était déjà attachée. Et bien sûr, elle s'interdisait de penser à Alex sous peine de fondre en larmes...

Elle le retrouva à la table du petit déjeuner. Délaissant son journal, il lui adressa un sourire ironique.

— Voilà enfin arrivé le jour de ta libération, observa-t-il. Tu vois, tout vient à point à qui sait attendre...

Malgré son manque d'appétit, elle se força à prendre des céréales et ignora délibérément sa remarque sibylline.

— A quelle heure veux-tu que nous partions ?

— Après le déjeuner, quand les routes seront le plus praticables.

Fabia eut le plus grand mal à avaler sa bouchée, tant sa gorge s'était soudain nouée : dans trois heures, quatre tout au plus, elle quitterait cette demeure pour ne plus jamais y revenir. Quelques heures encore, et elle dirait adieu à Alex...

— Mademoiselle Fabia ?

Christine, la dame de compagnie d'Isabelle, passa la tête par l'entrebâillement de la porte.

— Mme Cade aimerait que vous montiez la voir après le petit déjeuner, annonça-t-elle. Si vous en avez le temps, bien sûr.

— Avec plaisir, répondit Fabia.

— Je vous préviens tout de suite, elle est très fatiguée aujourd'hui, ajouta Christine d'un air soucieux. La fête l'a épuisée, ce qui n'a rien d'étonnant quand on songe qu'elle a quatre-vingt-six ans... Alors, à tout à l'heure !

L'état de santé d'Isabelle était-il alarmant ? se demanda soudain Fabia avec appréhension. Elle préférait ne pas penser à la réaction d'Alex le jour où sa grand-mère disparaîtrait, car Isabelle avait été pour lui un père et une mère tout à la fois...

Quand Fabia pénétra dans les appartements de la vieille dame, elle reposait tranquillement sur son lit. Ses traits étaient tirés, mais Fabia retrouva avec soulagement l'éclat d'intelligence qui brillait toujours dans son regard.

— Vous partez après le déjeuner ? demanda Isabelle après avoir fait signe à Fabia de prendre place sur une chauffeuse près de son lit.

— Oui, et je tiens à vous remercier pour...

— Allons, ma chère, épargnons-nous, vous et moi, ce genre de formalités ! coupa Isabelle d'une voix étonnamment ferme. Je voudrais avoir une petite conversation avec vous, et nous n'avons plus beaucoup de temps. Vous savez que vous m'êtes très sympathique ?

— Merci, mais...

— Et puisque vous m'êtes très sympathique, coupa-t-elle, je vais me permettre de vous dire des choses qui ne me regardent pas. Mais je suis si âgée que vous me pardonnerez certainement !

Elle fit une pause et darda sur Fabia son regard incisif.

— D'habitude, je n'aime pas les amies de mon petit-fils, mais vous, vous êtes différente, et il le sait.

Elle poussa un soupir et une lueur tendre adoucit soudain son regard.

— Comme vous le savez, c'est moi qui l'ai élevé, et je ne voudrais pas qu'il souffre...

Fabia se troubla. En quoi pouvait-elle faire souffrir Alex, puisqu'il ne se souciait pas d'elle ? Ils avaient si bien joué la comédie que Isabelle était convaincue de leur histoire d'amour, songea-t-elle avec une ironie amère.

— C'est-à-dire que...

— Savez-vous que vous comptez beaucoup pour lui ? interrompit Isabelle. Qu'il est amoureux de vous comme il n'a jamais été amoureux ?

Malgré l'évidence, le cœur de Fabia se mit à battre la chamade et un fol espoir l'envahit.

— Il vous l'a dit ? murmura-t-elle d'une voix presque inaudible.

— Non, mais je connais Alex, affirma Isabelle, péremptoire. Il y a des signes qui ne trompent pas : il vous regarde comme il n'a jamais regardé aucune autre femme... Exactement comme mon mari me regardait, autrefois.

Le bruit de la porte qui s'ouvrait fit sursauter la jeune femme, qui se retourna brusquement. C'était Alex.

— Excusez-moi d'interrompre votre tête-à-tête ! Je peux entrer ?

Isabelle eut un sourire complice à l'adresse de Fabia.

— Vous voyez, ma chère Fabia, je suis toujours dérangée par d'incessantes visites ! s'exclama-t-elle en riant. Et après on s'étonne que je sois fatiguée ! Je vais dormir, d'ailleurs, et préfère donc vous dire au revoir tout de suite. Vous n'oublierez pas notre conversation, Fabia ?

Bouleversée, Fabia hocha la tête et se pencha pour embrasser la vieille dame dans un geste spontané d'affection. Isabelle était si perspicace, si attentive, et elle connaissait si bien son petit-fils ! songeait-elle en silence. Se pouvait-il qu'elle eût raison ?

Les dernières heures que passa Fabia en compagnie d'Alex apportèrent une cruelle réponse à la jeune femme en lui confirmant qu'Isabelle se faisait des illusions. En effet il continua à se montrer aimable, courtois, prévenant, mais distant. Un fossé infranchissable semblait s'être creusé entre eux et Fabia dut se rendre à l'évidence avec une douloureuse amertume : son départ imminent ne l'affectait en rien. A peine l'aurait-il déposée devant son immeuble londonien qu'il l'aurait déjà oubliée...

Quitter Mary et Christine, caresser une dernière fois les chiens qui lui faisaient fête furent un crève-cœur pour Fabia, mais elle parvint par miracle à ne pas s'effondrer.

Dans la voiture, Alex resta silencieux un moment, puis, au bout de quelques kilomètres, il se tourna vers sa passagère et déclara d'une voix détachée :

— Isabelle m'a chargé de te dire qu'elle serait ravie que tu reviennes bientôt la voir. Tu crois que cela sera possible ?

S'il lui transmettait cette invitation, c'est qu'il souhaitait avant tout faire plaisir à sa grand-mère, songea Fabia avec amertume. Rien d'autre...

— Pourquoi pas ? En tout cas, c'est très aimable à elle de l'avoir proposé, répondit-elle avant de se plonger de nouveau dans un mutisme douloureux qu'Alex ne chercha pas à rompre.

Après les magnifiques paysages enneigés de Cumbria, Londres et ses rues boueuses parurent d'une infinie tristesse à Fabia. Au fur et à mesure qu'approchait le moment fatidique où elle saluerait Alex pour la dernière fois, elle sentit l'émotion la gagner et pria pour ne pas s'effondrer devant lui. A aucun prix elle ne voulait ternir la dernière image qu'il aurait d'elle.

— J'aimerais que tu me dises que ce séjour n'a pas été trop pénible, déclara-t-il d'une voix tendue en lui ouvrant la portière. Je me sentirais peut-être moins coupable...

Comme si elle sortait d'une séance de cinéma, elle répliqua d'un ton banal :

— J'ai passé un très bon moment, et tu n'as pas à te sentir coupable...

Comme il s'emparait de son bagage, elle ajouta :

— Ne monte pas, je t'en prie, ma valise n'est pas lourde...

— Bien sûr que je vais t'accompagner jusqu'à ta porte ! Isabelle ne me le pardonnerait jamais s'il t'arrivait quelque chose, si près du but.

Ils arrivèrent bientôt sur le palier, et quand Fabia se tourna vers Alex pour le saluer, elle crut qu'elle n'allait pas pouvoir retenir ses larmes. Mais au prix d'un ultime effort elle lui tendit la main, les traits crispés mais les yeux secs.

— Au revoir, Alex.

Il la dévisagea longuement, prolongeant ainsi son supplice, puis porta sa main à sa bouche et l'effleura d'un baiser.

— Au revoir, Fabia, répondit-il d'une voix sourde. Je t'appellerai...

Elle se dégagea aussi vite qu'elle le put, tant elle brûlait de se jeter dans ses bras et de le supplier de ne pas la laisser. Mais à quoi cela aurait-il servi puisque, malgré les assertions d'Isabelle, elle ne comptait manifestement pas pour lui ?

— Si tu as le temps. Je sais que tu es très occupé...

Il lui jeta un dernier regard qu'elle ne parvint pas à déchiffrer, et ferma la porte derrière lui.

Elle était seule.

Reprendre le travail et ses habitudes londoniennes fut pour Fabia un véritable calvaire, car son esprit semblait être exclusivement habité par Alex et les instants heureux qu'ils avaient passés ensemble en Cumbria. Aux moments les plus inopportuns, des images lui venaient à l'esprit et elle était soudain ramenée comme par enchantement dans la magnifique demeure des Cade. Avec une cruelle précision, elle voyait alors Alex lui sourire tendrement, Alex caresser son chien, Alex poser sur elle ce regard charmeur qui la troublait jusqu'au plus profond de l'âme.

Mais Alex était loin, et il n'appelait pas. Peut-être, à l'instant même où elle pensait à lui, était-il auprès de Susan ? Peut-être la regardait-il avec la même tendresse ? songeait-elle, éperdue, en chassant de son esprit l'image insoutenable d'Alex et Susan enlacés.

Sept jours passèrent, sept longs jours où, sans se l'avouer, Fabia attendit en permanence son coup de téléphone.

Au fur et à mesure que le temps s'écoulait, elle tentait de se raisonner, de se convaincre qu'Alex ne comptait pas pour elle. S'il l'avait tant déstabilisée, n'était-ce pas avant tout parce qu'elle avait revécu à travers lui son aventure malheureuse avec Robin ? Le passé avait resurgi, encore difficile à assumer malgré les années écoulées, mais dans quelques jours elle aurait de nouveau tourné la page et oublié le bel Alex Cade...

Il neigeait encore en cette fin d'après-midi, et Fabia qui regagnait son appartement après une longue journée de travail baissa la tête pour se protéger des flocons qui, insidieusement, se glissaient dans son cou.

Elle tournait le coin de sa rue quand elle vit la Bentley, et son cœur se mit à tambouriner dans sa poitrine. Accélérant le pas, elle arrivait au niveau de la voiture quand Alex en sortit, élégant et svelte dans un manteau de cashmere bleu marine. Elle dut s'appuyer à un réverbère pour ne pas tomber, tant l'émotion lui coupait les jambes.

Il s'approcha de son pas athlétique, une étrange expression sur ses traits virils, et déposa un baiser rapide sur sa chevelure parsemée de flocons de neige.

— Fabia..., murmura-t-il d'un air absent comme s'il se parlait à lui-même. Comment vas-tu ?

« Mal, plus mal que jamais, et cela depuis la seconde où je t'ai quitté », eut-elle envie de crier. Mais bien sûr elle n'en fit rien, et répondit avec un sourire forcé :

— Très bien.

— J'étais à l'étranger, reprit-il. Aux Etats-Unis. Je ne suis revenu qu'aujourd'hui.

Fabia resta muette. Pourquoi lui parlait-il de ses voyages d'affaires dont elle n'avait que faire, pourquoi ne lui disait-il pas qu'il était heureux de la revoir, qu'elle lui avait manqué ?

— Je suis venu te demander un service, annonça-t-il. Encore une fois... Il s'agit d'Isabelle.

Fabia remarqua tout à coup ses traits tirés, les cernes qui marquaient ses yeux, et un doute affreux l'envahit.

— Isabelle ? s'écria-t-elle d'une voix étranglée.

— Oui, elle va mal, expliqua Alex, la mine sombre. Je suis revenu plus tôt que prévu des Etats-Unis car John m'a appelé : il était inquiet. Dès mon arrivée, j'ai fait l'aller-retour en Cumbria pour la voir aussitôt. Elle a toute sa tête, mais semble très faible. Je suis venu te demander de revenir en Cumbria avec moi, Fabia, même si je suis sans doute la dernière personne que tu aies envie de voir en ce moment. Si tu pouvais oublier quelques jours tes griefs et m'accompagner, tu rendrais Isabelle très heureuse.

Fabia n'hésita pas un instant, tant les liens qu'elle avait tissés avec la grand-mère d'Alex étaient pour elle importants.

— Je pars quand tu veux, Alex, dit-elle simplement.

Le visage d'Alex s'éclaira.

— Le plus tôt sera le mieux. Prends quelques affaires, je t'attends.

Elle lui fit signe de s'installer dans le salon pendant qu'elle préparait un sac de voyage. Quand elle revint quelques minutes plus tard, il était assoupi sur le canapé.

— Excuse-moi, murmura-t-il en se levant. J'ai perdu le sommeil durant ces dernières semaines, et pour couronner le tout je n'ai pas dormi depuis plus de vingt-quatre heures. Mais rassure-toi, tu seras en parfaite sécurité sur la route, car j'ai mon chauffeur.

Dès qu'ils furent dans la Bentley, Alex s'installa sur la banquette de cuir, allongea ses jambes et posa la tête sur l'épaule de Fabia.

— Tu n'y vois pas d'inconvénient? Je suis certain qu'installé ainsi je vais dormir comme un bébé...

— Je t'en prie, rétorqua-t-elle, la gorge nouée.

Il s'endormit presque aussitôt, d'un sommeil paisible qui détendit ses traits marqués par la fatigue et qui lui donna le charme attendrissant d'un adolescent.

En proie à une indicible émotion, la jeune femme observa, fascinée, ses longs cils noirs qui ourlaient ses paupières, sa bouche au dessin sensuel, et résista au désir de se pencher pour déposer un baiser sur ses lèvres.

Les conditions de circulation étaient rendues difficiles par la neige qui tombait, et à plusieurs reprises Fabia se félicita de la dextérité de Swinton, le chauffeur. Quand ils arrivèrent enfin, Alex dormait toujours et Fabia dut le secouer doucement pour le réveiller. Il ouvrit les yeux et, avant même qu'elle ait pu réagir, l'enlaça et posa ses lèvres sur les siennes. Le cœur battant, Fabia ne le repoussa pas. Comment l'aurait-elle pu alors que son être tout entier brûlait du désir d'être à lui ?

Quand Swinton toussota discrètement, Alex la lâcha à regret.

— Je suis désolé d'avoir été un si piètre compagnon de voyage, Fabia, murmura-t-il en se redressant. J'étais épuisé...

Ils furent accueillis par Christine qui les embrassa sans un mot et les conduisit aussitôt jusqu'à la chambre d'Isabelle.

La vieille dame reposait sur ses oreillers, et Fabia comprit tout de suite à sa pâleur qu'elle s'était beaucoup affaiblie. En effet, quand elle essaya de parler, elle dut s'interrompre au bout de quelques mots, tant elle était fatiguée.

Fabia s'assit à côté d'elle et lui prit la main.

— Reposez-vous, Isabelle. Je suis venue avec Alex pour être auprès de vous, et nous resterons tous les deux jusqu'à ce que vous soyez rétablie, assura-t-elle, la gorge nouée.

Isabelle eut un faible sourire et ferma les yeux, rassurée. Quelques secondes plus tard, elle s'était rendormie.

La nuit fut interminable, et d'un commun accord Alex et Fabia décidèrent de rester au chevet d'Isabelle. Alex insista pour que Fabia prenne un peu de repos sur le canapé qui avait été installé non loin du lit, mais elle ne voulut rien entendre, lui assurant qu'elle n'avait pas sommeil et que c'était lui qui devait s'allonger. Ni l'un ni l'autre ne voulant céder, ils finirent par s'asseoir côte à côte sur le canapé, les yeux rivés sur Isabelle qui respirait régulièrement.

Ils parlèrent peu, mais le silence ne les gênait pas. Fabia songeait qu'elle ne s'était jamais sentie aussi proche d'Alex que dans cette chambre où une très vieille dame luttait pour conserver la vie. C'était comme si la gravité des circonstances avait comblé le fossé qui s'était établi entre eux, rendant la communication enfin possible.

Tout à coup Isabelle sembla avoir des difficultés à prendre son souffle, et ils guettèrent avec anxiété le moment où, enfin, sa respiration reprit son rythme normal.

— Isabelle a peut-être plus de force que nous l'imaginons, murmura alors Alex d'une voix tendue, sans quitter des yeux sa grand-mère. Elle tient tant à la vie qu'elle ne la lâchera pas si facilement... Je lui dois tant. Elle m'a tout appris, à commencer par le sens des valeurs, du bien et du mal, avec lequel elle n'a jamais transigé.

— Mais... et Susan ? murmura Fabia spontanément.

Alex haussa les sourcils :

— Susan ? Pourquoi me parles-tu de Susan ?

— Eh bien, c'est-à-dire que... On m'a dit que tu étais attaché à elle, que...

— On dit beaucoup de choses, en effet, mais Susan n'est pour moi qu'une amie de la famille, rien de plus. Isabelle, toujours clairvoyante, a sur elle un jugement sévère que je partage. Qu'avais-tu donc imaginé ?

Fabia détourna la tête pour qu'il ne voie pas la joie qui éclairait son regard.

— Rien, rien du tout...

Quelques heures plus tard, l'aube se levait quand John entra dans la pièce.

— Comment va-t-elle ? demanda-t-il à Alex.

— Elle va très bien, répondit la voix étonnamment ferme d'Isabelle.

Alex, Fabia et John se précipitèrent autour du lit.

— Grand-mère ! s'exclama Alex. Tu as l'air beaucoup mieux !

En effet, les joues d'Isabelle avaient repris leurs couleurs, et son œil brillait, plus vif que jamais.

— Evidemment ! J'ai eu une indisposition passagère, rien de plus. A vrai dire, c'est peut-être un peu ma faute, avoua-t-elle. J'ai décidé il y a quelques jours de diminuer ma dose de médicaments. Peut-être aurais-je dû d'abord en parler au médecin.

Alex poussa un soupir.

— Tu n'es pas raisonnable ! Promets-moi de ne plus recommencer.

— D'accord, concéda Isabelle. En tout cas, je ne regrette rien, car si je n'avais pas été si mal, Fabia ne serait pas revenue, et je n'aurais pas le plaisir de vous avoir tous les deux ensemble auprès de moi, n'est-ce pas ?

Fabia rougit, et ce fut Alex qui répondit à sa place.

— Mais si, bien sûr que Fabia serait revenue ! Maintenant que nous sommes rassurés, nous allons te laisser prendre ton thé, ajouta-t-il en saisissant Fabia par le bras. Je suis sûr que Mary nous a préparé un bon petit déjeuner, et pour parler franc je meurs de faim !

En effet, une collation les attendait dans la salle à manger. Alex dévora à belles dents les muffins et les scones, mais Fabia n'avait pas d'appétit. La nuit qu'elle venait de passer au côté d'Alex, où elle avait senti entre eux, au-delà des mots, une réelle et profonde communion, l'avait perturbée, tout comme la troublante nouvelle que Susan n'était rien pour lui. Pourtant, elle devait garder la tête froide et s'interdire d'espérer, tenta-t-elle de se convaincre, et cela pour plusieurs raisons. D'abord, Alex n'avait pas cherché à la joindre depuis Noël, ensuite il lui avait demandé de l'accompagner avant tout pour faire plaisir à Isabelle, et enfin il était trop beau, trop intelligent et trop riche pour elle...

Brusquement, un coup frappé à la fenêtre interrompit le cours de ses pensées. C'était un des jardiniers qui voulait parler à Alex.

— Nous avons perdu Minor, expliqua-t-il, l'air soucieux. Ce matin, sachant que Mme Cade n'allait pas bien, j'ai préféré ne pas m'éloigner et j'ai envoyé mon apprenti promener les chiens. Minor a échappé à sa surveillance et...

— Où est-il allé ? demanda Alex, qui s'était aussitôt levé.

— Vers Sabre Wood, monsieur Alex. Je sais, il n'aurait pas dû, mais il ne connaît pas encore bien les lieux et il s'est trompé.

Alex se mordit la lèvre dans un geste qui trahissait son inquiétude.

— C'est l'endroit le plus dangereux de la région, expliqua-t-il à Fabia. Truffé de crevasses et de falaises. Je n'y emmène jamais les chiens, car en cas de chute on ne pourrait même pas leur porter secours. J'espère que je vais le retrouver...

— Tu ne vas pas aller là-bas ! s'exclama Fabia dans un cri du cœur.

— Si, bien sûr ! Il est peut-être blessé, perdu... Il faut que je retrouve sa trace. Reste auprès d'Isabelle et ne lui dis rien qui pourrait l'inquiéter. D'accord ?

Fabia acquiesça de la tête, mais ses yeux étaient emplis de larmes. Alors, sans ajouter un mot, Alex enfila sa veste, effleura la joue de Fabia en une caresse furtive et quitta la pièce.

Folle d'inquiétude, Fabia s'installa sur une chauffeuse dans le fumoir, devant le feu qui crépitait, décidée à attendre Alex. Mais le manque de sommeil eut raison de sa détermination et elle ne tarda pas à s'endormir. C'est Mary qui la réveilla, deux heures plus tard.

— Vous vous êtes reposée, mademoiselle Fabia ? En tout cas, on est mieux au chaud ici que dehors ! dit-elle, ignorant visiblement qu'Alex arpentait les bois à la recherche de son chien. La tempête redouble, et la neige est tombée si fort que les lignes de téléphone sont coupées !

Le sang de Fabia se figea dans ses veines. Pourvu qu'il ne lui arrive rien ! songea-t-elle, éperdue. Pourvu qu'il revienne sain et sauf !

Dissimulant son inquiétude, elle demanda des nouvelles d'Isabelle, et Mary la rassura.

— Elle a retrouvé ses forces, et a fait dire que vous pouviez monter la voir si vous le souhaitiez.

Fabia se leva aussitôt. Après être passée dans sa chambre pour se rafraîchir, elle frappa à la porte d'Isabelle.

— Entrez, Fabia ! Vous êtes seule ? Où est donc passé Alex ?

— Il dort. Il n'a pas fermé l'œil de la nuit et souffre du décalage horaire. Mais il ne va pas tarder...

Isabelle l'observa longuement, comme si elle sentait qu'on lui cachait quelque chose, mais n'insista pas.

— Approchez-vous, Fabia, je voulais vous montrer des photos...

Fabia s'installa sur le lit et les deux femmes se penchèrent ensemble sur l'album. Alex nourrisson, Alex enfant, Alex avec son chat, Alex à vélo... Emue, elle découvrait l'enfant qu'il avait été, adorable avec son sourire malicieux et ses fossettes. Isabelle tournait les pages, expliquant à Fabia où les photos avaient été prises, lui racontant des anecdotes, la captivant. Tout à coup, elle tomba en arrêt devant un cliché, le cœur battant. Au milieu d'un groupe de jeunes gens entourant Alex, elle avait reconnu Susan.

— C'est bien Susan, n'est-ce pas ? demanda-t-elle d'une voix mal assurée.

— Oui, juste avant qu'Alex ne rompe avec elle, si mes souvenirs sont bons, expliqua Isabelle. Il avait heureusement compris à temps qu'elle était aussi superficielle qu'intéressée, et l'avenir lui a donné raison puisque peu après elle épousait William, qu'elle n'aimait pas mais qui était très riche...

Un violent coup de vent fit claquer un volet et Fabia se redressa à l'idée qu'à cet instant Alex affrontait seul la tempête alors que la nuit approchait. Peut-être était-il enfin rentré ?

— Je vais voir si le thé est prêt, prétexta-t-elle. Je reviens tout de suite.

— Dites à Alex que je l'attends...

Fabia hocha la tête et s'éclipsa, en proie à une terrible angoisse. Et s'il ne rentrait pas ? S'il lui était arrivé quelque chose ? Elle ne s'en remettrait pas, se dit-elle, comprenant tout à coup à quel point elle l'aimait.

Le hall était désert, la veste d'Alex n'était pas accrochée à sa place : il n'était pas rentré... Une insupportable angoisse s'empara de Fabia. Elle l'imaginait blessé, tombé au fond d'une crevasse, mort peut-être ! Et tout ça pour sauver son chien ! Comment avait-elle pu le comparer, ne serait-ce qu'un instant, à Robin, qui n'aurait pas affronté la tempête pour sa propre mère ? Comment avait-elle pu s'aveugler si longtemps sur ses sentiments, comme si elle avait peur de cet amour intense qui bouillait en elle et ne demandait qu'à s'exprimer ?

Major se mit soudain à aboyer comme il le faisait toujours quand quelqu'un arrivait, et une folle bouffée d'espoir l'envahit. Sans même prendre le temps de changer de chaussures, elle enfila le premier manteau qu'elle trouva et se précipita dehors. La neige et le vent lui fouettaient le visage, le froid la transperçait, mais elle n'en avait cure : elle avait aperçu au loin, reconnaissable entre toutes, la haute silhouette d'Alex. Hésitant entre le rire et les larmes, elle courut vers lui dans la neige.

— Comment as-tu pu être assez imprudent pour partir tout seul comme ça ! s'écria-t-elle, éperdue. Nous étions tous morts de peur ! Tu aurais pu mourir !

Alex lui lança un regard surpris et Fabia remarqua soudain qu'il semblait à bout de forces.

— Tu n'as rien raconté à ma grand-mère, j'espère ? demanda-t-il d'une voix lasse.

— Non, bien sûr... Mais pourquoi as-tu fait ça, Alex ? As-tu pensé à moi ?

Les larmes coulaient sur ses joues, et elle ne cherchait même pas à les retenir. Peu importe ce qu'Alex penserait d'elle, il fallait qu'il comprenne à quel point elle avait eu peur, à quel point il était désormais devenu indispensable à sa propre existence.

Il s'arrêta et la dévisagea en silence, les traits ravagés par l'émotion.

— Viens, murmura-t-il enfin en l'attirant à lui. Viens près de moi...

Il l'enlaça tendrement, et les sanglots de Fabia se calmèrent peu à peu.

— J'ai cru que tu étais mort, chuchota-t-elle d'une petite voix.

— Tu aurais eu de la peine ? demanda-t-il d'un ton grave.

Elle le regarda d'un air éperdu, et avoua :

— Je ne m'en serais jamais remise...

Il la serra plus fort contre lui, tandis que les lumières de la grande demeure s'allumaient une à une pour l'accueillir, car on avait compris qu'il rentrait sain et sauf.

— Que veux-tu dire, Fabia? Explique-moi...

Pour toute réponse, elle enfouit la tête dans le creux de son cou, incapable de parler tant l'émotion la terrassait.

— Je t'aime, Fabia, déclara-t-il alors en lui caressant les cheveux. Je t'aime depuis le premier instant où je t'ai vue, éclatante de beauté parmi la foule. Et quand je me suis aperçu que tu t'étais jouée de moi, je n'ai eu de cesse de te retrouver, d'apprivoiser cette mystérieuse créature qui m'avait ensorcelé. J'étais pris, envoûté, sous le charme. Tu es celle que j'attendais sans le savoir, celle avec lequel je veux passer le reste de mon existence. Tu te souviens de ce qu'a raconté Isabelle : dans ma famille les hommes n'aiment qu'une fois, et pour toute la vie...

Il lui sourit tendrement et elle lui rendit son sourire, apaisée.

— Moi aussi je t'aime, Alex, dit-elle avec une simplicité plus émouvante que le plus élaboré des discours.

Il la serra contre lui à l'étouffer.

— J'ai tant rêvé d'entendre ces quelques mots ! J'avais presque perdu espoir... Sans Minor, peut-être en serions-nous encore à faire semblant de ne pas nous aimer...

Elle releva soudain la tête.

— Où est-il ? demanda-t-elle. Tu ne l'as pas trouvé ?

Alex eut un sourire rassurant.

— Si, mais heureusement que je suis allé à sa recherche. Il était tombé dans un trou et, blessé, n'arrivait plus à remonter. Je l'ai déposé chez le vétérinaire sur le chemin du retour. Il sortira demain.

Il se mit soudain à trembler de froid.

— Viens, rentrons, j'ai besoin de boire quelque chose de chaud !

Ils cheminèrent jusqu'à la maison, serrés l'un contre l'autre, et furent accueillis par John et Mary.

— Monsieur Alex ! Quelle folie ! Venez vous réchauffer devant le feu, pendant que je vous prépare un thé ! s'exclama Mary.

Quelques minutes plus tard, Alex était torse nu devant la cheminée, ses vêtements trempés gisant à terre.

Le regard brûlant de désir, il dévisagea Fabia avant de l'attirer à lui.

— Viens, mon amour, embrasse-moi, murmura-t-il. j'ai tant attendu le moment de te sentir toute à moi...

Elle se lova contre son large torse, heureuse de retrouver l'odeur enivrante de sa peau virile, de sentir chacun de ses muscles puissants. Leur baiser fut un enchantement, un moment d'intense fusion, porteur de mille promesses, annonciateur de caresses plus intimes encore.

Mais au moment où Alex glissait la main dans son chemisier, Fabia l'arrêta d'un geste.

— J'ai quelque chose à te dire, pour que tu comprennes pourquoi j'ai si stupidement lutté contre mes propres sentiments. Peut-être m'excuseras-tu alors...

Et en quelques mots, elle lui raconta sa brève aventure avec Robin, la façon sordide dont il l'avait quittée, et le traumatisme qu'elle avait subi par sa faute.

— Si je l'avais en face de moi..., gronda Alex en serrant les poings.

— Peu m'importe à présent, c'est le passé, affirma-t-elle, soulagée d'un grand poids. Et heureusement, je me suis aperçue à temps qu'il n'était pas tel que je le voyais. Tu seras le premier, Alex. Le premier et le dernier...

— Oh, mon amour..., murmura-t-il en la serrant contre lui à l'étouffer.

— Embrassez la mariée, embrassez la mariée! s'exclama le photographe au milieu de la foule des invités.

Alex s'approcha de son épouse et souleva délicatement son ravissant voile de dentelle ancienne pour laisser apparaître son visage rosi par l'émotion.

— Alors, qu'est-il arrivé à la jeune femme qui prétendait que si elle se mariait un jour très improbable, ce serait en noir? demanda-t-il d'un ton taquin.

— Attends ! rétorqua-t-elle, malicieuse.

Et sous l'œil attendri d'Isabelle qui les observait depuis son fauteuil, elle releva sa robe, dévoila d'abord une longue jambe au galbe parfait puis, entourant sa cuisse fuselée, une jarretière de dentelle noire.

— Tu vois, j'ai tenu parole ! observa-t-elle avec une moue provocatrice. Et ce soir, c'est toi qui l'enlèveras, ajouta-t-elle avec un éclat sensuel dans ses magnifiques yeux bleus.

— Encore une photo, s'il vous plaît ! quémanda le photographe.

Alors, sous les applaudissements de l'assistance, Alex prit Fabia dans ses bras et l'embrassa à pleine bouche, indifférent au crépitement des flashes qui immortalisaient ce jour heureux entre tous.

Collection Azur

PROCHAINS RENDEZ-VOUS LE

1er Février 2002

L'ENFANT INESPÉRÉ, Kate Walker, N°2175
La mort dans l'âme, Jill a quitté l'homme qu'elle aimait, Morgan, le jour où elle s'est découverte enceinte de lui. Comment aurait-elle pu avouer sa grossesse à un compagnon si farouchement opposé à l'idée d'avoir des enfants ? Dix-mois plus tard, Morgan cherche à renouer avec Jill...

MILLIONNAIRE À MARIER, Michelle Reid, N°2176
Depuis la mort de leur mère, Claire s'occupe seule de sa demi-sœur, Mélanie, encore bébé. Elle a du mal à joindre les deux bouts et commence à désespérer lorsque le destin met sur son chemin Andreas Markopolou, un banquier grec qui lui fait une incroyable proposition !

MARIAGE EN SICILE , Lucy Gordon, N°2177
Heather est courtisée par un beau Sicilien, Lorenzo, dont elle est elle-même amoureuse... Du moins le croit-elle, jusqu'à ce qu'elle rencontre son frère aîné, Renato, qui se conduit de façon détestable à son égard. Curieusement, pourtant, cet odieux personnage la trouble bien plus que son fiancé...

UNE REINE À CONQUÉRIR, Alexandra Sellers, N°2178
Bouleversé par sa rencontre fugitive avec Clio au Canada, le prince Jalal ne trouve plus le repos. Peu importe que la jeune femme ait affirmé le mépriser et refuser tout contact avec lui ! Il sait qu'elle est sa reine, la femme de sa vie. Ne reste plus qu'à l'en convaincre, elle.

ADORABLE INGÉNUE, Sandra Marton, N°2179
Jake McBride a pour principe de ne pas mélanger travail et plaisir. Aussi peut-il se féliciter d'avoir choisi une assistante comme Emily qui ne lui inspire aucun sentiment déplacé - du moins, jusqu'à ce qu'un ami lui fasse remarquer le charme ravageur de la jeune femme !

PAR-DELÀ LA TENDRESSE, Barbara Mc Mahon, N°2180
Vive et débordante d'imagination, Deanna trouve un emploi de nounou pour s'occuper de deux fillettes qui ont perdu leur mère. Cependant, cette brusque irruption de gaieté dans la maison ne va pas sans poser quelques problèmes à leur père, Jay, un homme aux principes stricts.

AMOUR ET PRÉJUGÉS, Margaret Way, N°2181
Après quatre ans passés à Paris, Toni rentre enfin en Australie, où elle tombe sous le charme de Byrne, un fermier solide et rassurant. Mais, victime des préjugés, celui-ci pense qu'elle est une femme trop sophistiquée pour s'accoutumer à la vie du ranch.

UNE IRRÉPRESSIBLE ATTIRANCE, Kim Lawrence, N°2182
Pour dissiper une fausse rumeur qui touche Daniel, un ami de son frère, Eve accepte de se faire passer pour sa petite amie. Toutefois, lorsque l'oncle de ce dernier les surprend, il pense qu'Eve n'en veut qu'à l'argent de la famille !

Bonne année à toutes !
Et excellente lecture avec les collections Harlequin

Le 1er janvier

Romans Coup de Cœur Saint-Valentin :

Les romans Coup de Cœur Saint-Valentin fêtent ce mois-ci tous les amoureux et vous proposent de rejoindre Cupidon, qui - comme chacun le sait - a fort à faire en ce moment de l'année… D'autant, que les trois héroïnes de ces romans ne lui facilitent pas la tâche ! Mais, Cupidon n'a t-il pas toujours le dernier mot ? Histoires à suivre…

Le 15 janvier

Harlequin d'Or Sandra Brown

Dans ce Harlequin d'Or, Sandra Brown signe pour vous deux de ses plus grands succès, faisant rimer avec talent sensualité et modernité.

Le 1er février

«3 romans pour le prix de 2» Azur

Ne manquez pas notre coffret «3 romans pour le prix de 2», composé de deux romans inédits de la collection Azur, ainsi que d'un volume double de la collection Blanche spécialement réédité pour vous et gracieusement offert.

Le 15 février

Coffret «la saga des Brodey»

Au programme de cette passionnante saga de Sally Wentworth : luxe, charme, passion… et secrets de famille ! Invitez-vous à la somptueuse réception organisée par les héritiers de la maison Brodey. Une réception qui sera à l'origine de bien des bouleversements…

BEST SELLERS

Les Best-Sellers Harlequin, c'est la promesse d'une lecture intense, qui vous tient en haleine jusqu'à la dernière page : émotions fortes, rebondissements inattendus, il y a là de quoi combler les amateurs de romans captivants. Au sein de ce programme, vous trouverez des romans policiers, des thrillers médicaux, des drames psychologiques, des sagas...

Ne manquez pas, ce mois-ci :

Tourments d'ébène, *de Eva Rutland • N°142*

Fille d'un médecin d'Atlanta à l'époque de la ségrégation — petite-fille d'une esclave noire et d'un riche Blanc —, Ann Elisabeth Carter vit dans le quartier Ouest de la ville comme dans un cocon. Devant elle s'ouvre un avenir sans nuage: elle va obtenir son diplôme, et le plus beau parti de la ville est à ses pieds. Mais la Deuxième Guerre mondiale va bouleverser tous ses plans...
L'émotion d'une grande saga, des années 30 à nos jours. La force du vécu.

Conspiration, *de R. J. Kaiser • N° 143*

Rien ne va plus pour Gabriel Rose. Il n'y a pas si longtemps, il était avocat, marié et père d'une petite fille. Mais, ruiné par sa femme, jeté en prison pour avoir voulu se venger de son rival, le voilà à sa sortie obligé de courir après l'argent afin de reprendre une vie décente. Quand un client fortuné frappe à sa porte, il se croit sauvé de l'infortune. Hélas, le client est assassiné le soir même, et Gabriel, soupçonné d'être mêlé à l'affaire, mène l'enquête pour sauver sa peau...

Secrets et conflits, *de Debbie Macomber • N° 144*

Désireuse de faire le point sur sa vie, Lindsay Snyder revient à Buffalo Valley où, enfant, elle a passé ses vacances. Un secret de famille hante sa mémoire, et elle n'a de cesse de découvrir ce que sa grand-mère a toujours cherché à lui cacher. Mais à son arrivée, elle trouve la petite ville bien changée: boutiques fermées, quartiers désertés... Loin de la décourager, ce voyage au pays de son enfance se révèle un véritable pari sur l'avenir — y compris sur son destin de femme...
Secrets et conflits *est le premier volume de "Chronique de la Vallée".*

La mémoire assassinée, *de Taylor Smith • N° 63*
Réédition

Un tragique après-midi d'été, l'univers de la petite Mallory s'écroule devant ses yeux d'enfant. En l'espace de quelques secondes, toutes ses certitudes sont balayées — soufflées par l'explosion criminelle qui vient de tuer ses parents.
Bien des années plus tard, Mallory semble avoir réussi à surmonter ce drame: devenue journaliste, elle connaît un succès fulgurant dans sa profession. Pourtant, le spectre du souvenir la hante, menaçant de détruire tout ce qu'elle a construit...

Composé sur le serveur d'EURONUMÉRIQUE, À MONTROUGE
PAR LES ÉDITIONS HARLEQUIN
Achevé d'imprimer en décembre 2001

BUSSIÈRE

GROUPE CPI

à Saint-Amand-Montrond (Cher)
Dépôt légal : janvier 2002
N° d'imprimeur : 16512 — N° d'éditeur : 9112

Imprimé en France